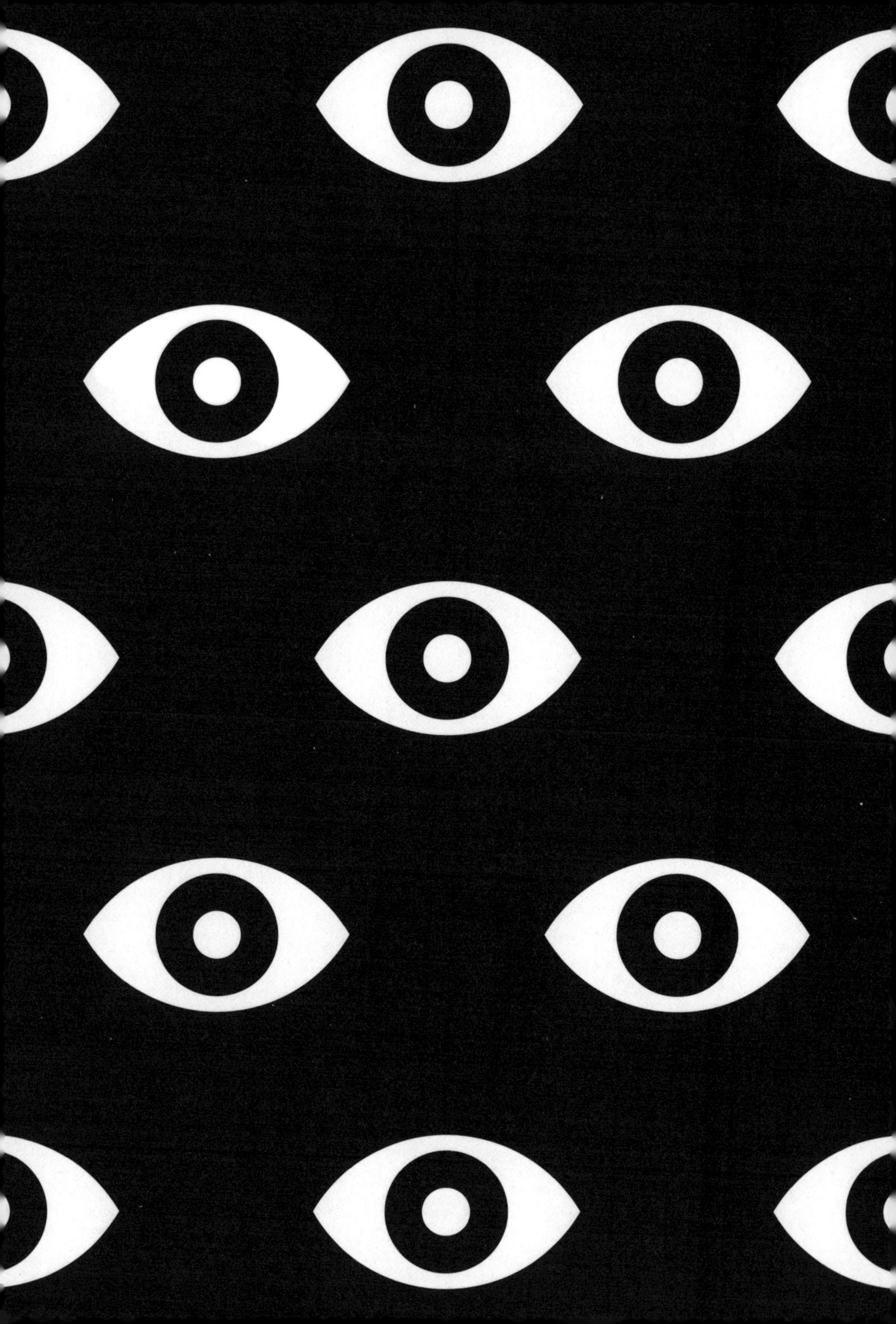

ÇA N'ARRIVE QU'AUX AUTRES

BETTINA WILPERT

ÇA N'ARRIVE QU'AUX AUTRES

TRADUIT DE L'ALLEMAND PAR JULIE TIRARD

LE NOUVEL ATTILA

Le Nouvel Attila
127 avenue Parmentier 75011 Paris
www.lenouvelattila.fr

— A

Elle dit que c'était en mai. Il s'est présenté comme « Joni », alors que personne ne l'appelle comme ça – elle ne le fera pas non plus. Qu'elle a peut-être mal compris. Elle le connaît de vue, Leipzig n'est pas une grande ville. C'était un mardi ou un mercredi, en semaine en tout cas.

Le jour où elle rencontre Jonas, Anna est assise avec Hannes sur les marches de l'Albertina, la bibliothèque universitaire. Ils fument une cigarette. Anna a la gueule de bois. Elle est restée au Lindental – le bar où elle travaille, dans l'ouest de Leipzig – jusqu'à cinq heures du matin. Un groupe de Vienne y a donné un concert, ils ont bu des verres ensemble. Lorsqu'elle a repris son vélo et traversé le parc Clara-Zetkin, le soleil se levait à peine, les oiseaux chantaient. C'était sa première nuit blanche de l'été, son premier lever de soleil, un de ses moments préférés. Elle n'a croisé personne dans le parc. Ce n'est qu'en arrivant sur la Karli, la Karl-Liebknecht-Straße, qu'elle a trouvé des gens levés, déjà en route pour le travail, des médecins, des boulangers peut-être.

Elle s'est réveillée quand Verena, sa colocataire, a quitté l'appartement – vers neuf heures –, sans parvenir à se rendormir. N'ayant rien de mieux à faire, elle a retrouvé Hannes à la bibliothèque. Fidèle à lui-même, il était là depuis huit heures, avait écrit deux pages, en avait supprimé trois. Ils font leur première pause cigarette quand elle arrive et parlent du mémoire d'Hannes. À cette époque, il travaille encore sur les traces laissées par le national-socialisme en RDA via l'exemple de manuels scolaires. Elle s'en souvient car il y consacrera presque six mois – alors qu'il ne devait rendre que quinze pages. Il s'était laissé déborder, avait lu trop de livres, au point de ne plus être capable d'organiser sa pensée. À l'époque Anna a bien tenté de l'aider – elle corrige souvent les devoirs des autres – mais il ne l'a pas écoutée et la qualité de son texte n'a cessé de se dégrader.

Ils sont donc en train de parler du mémoire d'Hannes le jour où, sur les marches de l'Albertina, elle rencontre Jonas. Elle n'a pas pris de petit-déjeuner, son estomac baigne encore dans les vodkas de la veille, et les cigarettes et le café n'arrangent rien. Elle remarque Jonas tandis qu'il sort de la bibliothèque et vient vers eux demander de quoi rouler une cigarette. Elle lui tend son tabac sans un mot, pense qu'il va partir fumer de son côté, mais Hannes et lui se saluent à coup de tapes dans le dos. Ils se mettent à parler d'une personne qu'Anna ne connaît pas, rient à une blague qu'elle ne comprend pas, se remémorent une soirée passée à picoler. Anna est confuse : d'où Hannes connaît-il ce type ? La réponse ne tarde pas : ils se sont rencontrés il y a peu, lors d'une visite du mémorial de Buchenwald. Ils reviennent sur l'une des interventions entendues ce jour-là, la discussion s'anime. Anna fume, n'écoute pas.

Leur pseudo-débat la fatigue et, se sentant de plus en plus mal – elle craint l'effet des cigarettes sur son estomac vide –, elle insiste pour aller à la cafétéria. Il est encore tôt mais il y aura plus de choix et la nourriture viendra juste d'être préparée. En chemin ils croisent Uli, un ami d'Hannes, qui se joint à eux. De quoi parlent-ils ? Anna ne sait plus. À l'époque elle mange presque tous les jours à la cafétéria, souvent avec Hannes et Uli, les souvenirs se superposent. Elle ne parle pas beaucoup avec Jonas, c'est plutôt une conversation de groupe où l'on s'interrompt sans cesse, on ne s'écoute pas vraiment. Ils discutent sûrement du programme du week-end, de leurs devoirs à rendre, de la Coupe du monde de football.

Jonas dit que c'était en juin, que la première fois qu'il a vu Anna c'était lors d'un match de la Coupe du monde. Allemagne-Portugal, oui, peut-être, il n'a pas vraiment fait attention. Que c'était un lundi.

Ce jour-là, il compte passer toute la journée à la bibliothèque pour travailler sur sa thèse – en général il travaille mieux le soir que le matin – mais il oublie de mettre son téléphone en silencieux et décroche lorsque Hannes appelle pour lui proposer de regarder le match ensemble. Ils ne se connaissent pas depuis longtemps, c'est vrai, seulement depuis leur journée au mémorial, mais il a le sentiment qu'une amitié est née. Scellée dans l'alcool.

Après avoir raccroché, Jonas ne parvient plus à se concentrer. Il prend son vélo et se rend au biergarten de Connewitz. C'est la première fois qu'il va voir un match dans un bar en plein air. Il ne s'intéresse pas particulièrement au football, ni à la Coupe du monde. Le match a lieu en début de soirée, il se dit qu'il pourra retourner travailler à la bibliothèque ensuite.

Anna arrive peu de temps après, une place est libre à côté de lui. Il a l'impression de la connaître, mais ne sait pas d'où, sûrement l'un de ces visages croisés à la bibliothèque.

Elle est du genre à se plaindre de tout. Tant mieux. Les gens qui aiment tout et tout le monde, ce n'est pas son truc. À peine assise, elle commence à critiquer l'équipe allemande, dit qu'on devrait plutôt parler de « Coupe du monde de football masculin » puisqu'il y a une Coupe du monde de football féminin.

C'est intéressant de discuter avec Anna, elle campe sur ses positions et ne change pas d'avis juste pour éviter le conflit. Jonas n'est pas spécialement pour préciser « football masculin », mais il préfère parler avec elle que regarder le match. Pourvu que l'Allemagne perde, dit-elle. Une fois sur deux il n'est pas sûr de comprendre où elle veut en venir. Elle le déstabilise. Pourquoi regarder le match si elle souhaite la victoire de l'équipe adverse ? Anna se penche vers lui, murmure qu'elle n'avait rien de mieux à faire. Son service au Lindental ne commence qu'à neuf heures.

Elle lui raconte qu'Hannes et elle se sont pas mal vus ces derniers mois, qu'elle ne compte pas laisser la Coupe du monde changer ça et l'empêcher de voir ses ami*e*s. Elle ajoute que lui non plus n'a pas vraiment l'air de s'intéresser au match. Qu'est-ce qu'il fait là d'ailleurs ? Jonas réagit à la moindre pique, elle s'en amuse. Il donne les mêmes raisons qu'elle, avoue qu'il n'avait rien contre le fait d'aller boire une bière dans un biergarten – et rien de mieux à faire.

Il dégage une certaine arrogance et n'a pas l'air de l'apprécier, mais c'est vrai que l'arrogance sert souvent de protection aux personnes timides. Qui a gagné ce soir-là ? Anna ne sait plus, l'Allemagne probablement ; elle se souvient du vainqueur de la coupe en tout cas. Elle n'est pas restée longtemps après le match, elle devait prendre son service au bar. La soirée était calme, il n'y a jamais grand-monde le lundi.

Ils se revoient quelques jours plus tard, à nouveau par hasard. Un vendredi ou un samedi. Jonas s'en souvient car il n'y avait presque personne à la bibliothèque – si ça avait été bondé, ils ne se seraient pas croisés. À un moment il décide de faire une pause, sortir prendre l'air, fumer une cigarette. Il trouve Anna dans le hall, au pied du grand escalier qui mène aux colonnades. Elle a l'air perdue, comme si elle se tenait là depuis un moment.

Cet été-là, Anna ne sait pas quoi faire d'elle-même. Parce qu'elle vient de finir ses études peut-être, une phase de sa vie vient de s'achever, la suivante n'a pas encore commencé. Elle a envoyé deux candidatures – elle déteste ça –, mais à vrai dire, elle n'a pas envie de travailler tout de suite. Sa bourse tombera quelques mois encore, jusqu'à la fin du semestre en septembre. D'ici là il faudra qu'elle trouve un travail, un vrai, et pour le moment elle n'a rien d'autre à faire en dehors de ses quelques soirs au Lindental. Elle se dit qu'elle finira tôt ou tard par travailler comme interprète, à Berlin peut-être, ou dans une autre ville. C'est difficile à Leipzig de trouver du travail. Elle a un temps rêvé de travailler à Vienne, pour les Nations unies, et a tout fait pour y trouver un stage, mais sans succès, au point de se demander si c'est vraiment ce qu'elle a envie de faire.

Elle vient de se mettre en colocation à Connewitz avec une fille qu'elle connaît d'un ami commun. Elles s'entendent bien mais ne se sont pas encore beaucoup vues. Ça fait trois semaines qu'il n'y a plus Internet. Le contrat était au nom de l'ancien locataire et, comme souvent, le fournisseur a été incapable de changer le nom sans couper la ligne. C'est pour ça qu'elle se rend à la bibliothèque ce jour-là : pour aller sur Internet.

Un samedi soir ? Je l'interromps pour la première fois. N'a-t-elle rien d'autre à faire ? Anna ne se rappelle plus. Probablement que personne n'était en ville, elle ne voulait pas rester toute seule chez elle avec un livre.

Elle n'est pas spécialement ravie de tomber sur Jonas. Il est partout ces derniers temps. C'est ce genre de personne qui n'est ni sympathique ni vraiment antipathique, vous n'avez aucune raison de ne pas l'apprécier, vous avez peut-être même des points communs. En fait, Jonas la fascine ; pas nécessairement au bon sens du terme, précise-t-elle. C'est surtout de la curiosité, elle aimerait mieux le cerner. Mais elle n'est pas à fond sur lui.

Elle le trouve beau, oui, mais il ne l'attire pas. Elle aime sa barbe, ses lunettes – il se la joue intellectuel –, mais même si c'est son style, quelque chose la rebute, ce je-me-la-pète du mec qui a fait de longues études.

Elle n'est pas moche, non. Mais pas jolie au point qu'il se dise waouh. Ce qui arrive rarement de toute façon. Bien sûr qu'il trouve plein de femmes belles, mais ça ne veut pas forcément dire qu'il veut coucher avec elles. C'est pareil pour les hommes : il est capable de dire quand un homme est beau. C'est juste rare qu'il soit renversé. Jusque-là il n'a été amoureux que de deux femmes – l'une vient de le quitter après sept ans de relation. Ce n'est pas dramatique en soi, mais ça a mis du temps à se finir. Depuis il se sent triste et fait tout son possible pour penser à autre chose, en travaillant sur sa thèse notamment.

Les coups d'un soir, ce n'est pas son truc. Jusqu'ici il n'en a jamais eu.

Jonas descend l'escalier direction la sortie. Il est encore en train de réfléchir à un essai qu'il vient de lire pour sa thèse et ne souhaite pas lui dire bonjour, mais Anna est en plein milieu du hall, impossible de l'éviter – un signe de tête, rien de plus, sans s'arrêter. Dehors il fait frais. Il hésite à retourner chercher son pull mais n'a pas le courage de remonter – et n'a pas envie de repasser devant elle. Il est seul devant l'Albertina. Lorsqu'Anna en sort à son tour, il est clair qu'elle va venir lui parler.

Elle dit sûrement un truc bête : alors, pas de match aujourd'hui ? Tu n'as rien d'autre à faire que passer ton samedi soir à la bibliothèque ? Une pique en tout cas, accompagnée d'un clin d'œil.

Il déteste les gens qui font des clins d'œil. Ça lui rappelle son prof de latin en cinquième, il passait son temps à lui faire des clins d'œil en lui demandant : quel cas ? datif ou accusatif ? Ça le mettait mal à l'aise. Il était le seul de la classe avec qui le prof faisait ça. La rumeur courait qu'il était gay.

Jonas ne relève pas, il lui demande du feu. Elle sort un briquet de sa poche et commence à rouler une cigarette. Sur quoi travaille-t-il ?

Certains jours il parlait volontiers de sa thèse, d'autres – généralement ceux où il n'avançait pas –, la question l'agaçait. Ça changeait tout le temps. Cela faisait bientôt un an qu'il y travaillait. Il était en retard sur son planning et n'était toujours pas sorti de la phase de recherche. Il avait lu les incontournables, mais ne savait pas de quel côté creuser. Connell, bien sûr, concernant la masculinité, mais ensuite ? Concernant la notion d'espace il ne trouvait pas les bonnes sources et restait fixé sur des anthologies comme *L'Espace en littérature*.

La littérature populaire ukrainienne. Elle ne peut s'empêcher de sourire, mais ne lui dit pas tout de suite pourquoi. Jurij Androukhovytch et Serhij Zhadan ? Bingo. Elle s'amuse de son air surpris. Ce n'était pas difficile à deviner, ce sont les écrivains ukrainiens contemporains les plus connus. Il y en a d'autres bien sûr, mais ils n'ont pas été traduits ou n'ont pas été aussi largement reçus. Et elle était prête à parier qu'un garçon comme Jonas ne lit que des hommes ou presque.

Elle les connaît ? Bien sûr, mais elle a seulement lu Androukhovytch – *Moscoviada*. Intéressant mais bon, trop sexiste.

Combien de fois a-t-il entendu ça ! Ces gens qui n'ont pas fait lettres et confondent le personnage principal avec l'auteur, la thématisation du sexisme avec sa reproduction. Ils discutent du livre. Jonas a peur que la conversation dérape, mais ils parviennent à rester plus ou moins objectifs.

En quoi étudie-t-elle ? Étudiait, corrige-t-elle. Anna fait jeune. Elle a l'habitude qu'on lui donne vingt-et-un, vingt-deux ans alors qu'elle en a vingt-sept, bientôt vingt-huit. Traductologie, russe, espagnol. Jonas paraît impressionné. Pourquoi le russe ?, a-t-elle un lien avec la Russie ? Pas directement, mais elle est née en Ukraine. Sa famille – des Russes allemands, pas des réfugiés de contingent – est arrivée en Allemagne à la fin des années 1990.

Jonas lui raconte avoir fait deux longs séjours en Ukraine, à Lviv et à Kiev.

Elle aime qu'il dise Lviv et non Léopol et qu'il ne cherche pas à savoir pourquoi, si elle est Russe allemande, elle est née en Ukraine. La plupart des gens oublient que les Russes allemands étaient aussi présents en Ukraine. C'est à ce moment-là, peut-être, que Jonas pique son intérêt. Qu'il commence à lui être sympathique.

Bien sûr qu'il connaît Vinnytsia ! Julia, une bonne amie qu'il a rencontrée à Lviv, vient de là. Il a plusieurs fois été manger dans sa famille. Il a même cru un moment que Julia était amoureuse de lui. Sa copine aussi d'ailleurs, enfin son ex.

Ah, Vinnytsia et sa célèbre fontaine ! Ça les fait rire. Une fontaine qu'il n'a jamais vue d'ailleurs, au point de penser qu'il s'agissait d'une légende – c'est juste qu'il n'était jamais venu au bon moment : en hiver, on coupe l'eau. Dire que cette fontaine, qui projette l'eau du fleuve à plusieurs mètres de haut, est ce qu'il y a de plus intéressant à voir à Vinnytsia… Certes, la ville n'est pas très touristique, mais il l'a trouvée agréable, plus petite et moins bruyante que Kiev. Il aime son fleuve, ses parcs, son tramway qui roulait autrefois à Zurich et sur lequel figurait encore une publicité pour l'Opéra.

Elle n'est pas allée souvent à Vinnytsia, et se souvient à peine de la ville – ils en sont partis quand elle avait cinq ans. Elle se rappelle surtout l'appartement de ses grands-parents qui ne les ont rejoints que plus tard. Aujourd'hui, lorsqu'elle retourne en Ukraine avec sa famille, ils vont à Lviv où vit une de ses tantes. Vinnytsia est une ville morne, ennuyeuse, rien à voir avec Lviv où elle pourrait s'imaginer vivre quelque temps, avec ses ruelles tortueuses et l'impression que la mer vous attend à chaque coin de rue, bien que la mer Noire se situe à des centaines de kilomètres. Lviv, la ville *aux frontières imprécises*, qui pourrait tout aussi bien se trouver en Pologne, en République tchèque ou même en Autriche avec ses façades Art nouveau et ses bars branchés.

C'était pour son service civique, après le bac. Bien que réformé à cause de sa vue (et de son poids, mais ça, Jonas ne lui dit pas), il n'a pas voulu étudier tout de suite. Il ne savait pas en quoi s'inscrire, c'est pour ça qu'il est parti à Lviv aider dans leur quotidien d'anciens travailleurs et travailleuses des camps nazis. C'est suite à cette année en Ukraine qu'il s'est inscrit en études slaves. Pourquoi Leipzig ? Parce qu'il voulait quitter Francfort, et Berlin était trop à la mode. L'Est avait quelque chose de différent.

Ce qu'elle fait ce soir ? Anna hésite à inventer une soirée chez un ami où elle serait invitée, mais elle n'a jamais su mentir, il comprendrait tout de suite. Elle dit la vérité : rien. Et toi ?

Non, elle n'a pas eu l'impression que cela faisait partie d'un plan. Il n'a pas demandé ça l'air de dire : ça te dit qu'on fasse un truc ensemble ? C'était plus pour éviter un blanc, le genre de question qu'on pose pour relancer la conversation.

Possible, oui, qu'il ait demandé un truc comme ça. C'est normal de poser ce genre de question. En tout cas ce n'était pas une proposition ou une invitation à passer la soirée ensemble. Il a lui-même été surpris de la façon dont la soirée s'est terminée.

Il n'a rien de prévu non plus, sauf peut-être continuer de travailler sur sa thèse, mais il est tard maintenant et ça ne sert à rien de fixer le texte si l'on n'a pas la concentration nécessaire pour le lire.

Il commence à se sentir attiré par elle. Parce qu'elle vient d'Ukraine peut-être – mais il ne veut pas donner l'impression de faire une fixette là-dessus, qu'on croit qu'il a un truc pour les femmes de l'Est. C'est juste qu'il ne pouvait pas parler de ces sujets avec beaucoup de monde. Même pendant ses études il n'a pas rencontré beaucoup de gens liés à l'Ukraine, la plupart avaient plutôt voyagé en Russie, en Biélorussie ou dans des pays plus inhabituels comme le Kirghizstan. Les rares qui ont été en Ukraine, il ne les appréciait pas. Ce qui valait pour la plupart des gens. Surtout maintenant, après tout ce qui s'est passé, ajoute-t-il, amer.

Ils échangent des histoires sur Lviv, les bars où ils ont échoué. Oui ! ce bar au bout de la Virmens'ka où les touristes n'osent pas aller, celui qui ne ressemble à rien vu de l'extérieur, avec la porte d'entrée qui conduit directement à la cave.

Une chose en entraînant une autre, parce qu'ils parlent d'alcool leur vient l'envie de boire. Il n'y a pas d'épiceries de nuit près de l'Albertina et le supermarché a fermé. Ils descendent la Karli jusqu'à Südplatz, achètent une petite bouteille de vodka, puis rejoignent le parc Clara-Zetkin.

Au moment où ils s'installent sur le pont, il fait déjà sombre. Non, pas le Sachsenbrücke, trop bruyant, l'autre, le petit pont près de l'hippodrome. Ils sont les seuls assis là, effrayant sans le vouloir les vélos qui traversent sans lumière.

Son obsession pour Dostoïevski ! À seize ans elle a lu tous ses livres : *Le Crime et le Châtiment* puis *Les Frères Karamazov*, *L'Idiot*, *Les Possédés* – Jonas l'interrompt. En général elle déteste quand des mecs l'interrompent pour lui expliquer quelque chose ; mais, peut-être est-ce dû à la vodka, elle le laisse parler.

Elle n'a pas lu les dernières traductions ? C'est *Crime et Châtiment* et *Les Démons* désormais. Plus proche de l'original.

La sympathie qu'elle avait commencé à ressentir pour lui disparaît de nouveau. C'est donc un Monsieur je-sais-tout, le genre à étaler sa culture.

Peut-être que les retraductions n'existaient pas quand elle les a lus ?

Si, il est sûr qu'elles sont parues bien avant les années 2000 – quel âge a-t-elle ? Vingt-sept. Et lui ? À peine un an de plus et bientôt un doctorat en poche. Ça la met de mauvaise humeur, elle se renfrogne.

Il s'en souvient comme si c'était hier : les volumes offerts par sa mère pour son dix-septième anniversaire. Lui aussi les a enchaînés les uns après les autres, comme elle, Anna.

Elle ne parvient pas à rester longtemps fâchée contre lui.

Et quand il s'est mis à fumer la pipe ! Jonas lui raconte qu'il emmenait une pipe au lycée et fumait seul dans un coin de la cour près des fleurs, un livre à la main. Bien sûr la pipe était trop forte pour l'ado qu'il était. Pendant la pause de vingt minutes il s'aventurait à tirer deux fois dessus et devait se retenir de tousser, la honte sinon. Lorsque la cloche sonnait, pendant que les autres élèves couraient en classe, il allumait vite une cigarette sur laquelle il tirait frénétiquement pour calmer son manque de nicotine.

Elle ne peut pas s'empêcher de sourire. Elle l'imagine en *nerd*, moqué par toute l'école, ayant pour seul ami un type avec qui il ne s'entend pas vraiment et n'a rien en commun, à part le fait d'être impopulaire. Jonas fait partie de ces mecs en marge, qui a eu sa première copine à vingt ans, quand son statut s'est mis à changer : ce qui le rendait impopulaire à l'école le rend soudainement cool à la fac – surtout en sciences humaines, où ils sont peu de garçons, raconte Anna.

Et Sorokine, évidemment. Par contre Katja Petrowskaja, trop fleur bleue à son goût.

Il ose s'en prendre à sa Katja Petrowskaja ? Anna adore son livre, s'est reconnue dans cette quête de l'histoire familiale à travers l'Ukraine. Mais sans doute que Jonas, en tant qu'homme blanc allemand, ne peut pas comprendre ça – évidemment qu'il aime Sorokine. Anna le trouve porno, dégueu, vulgaire, mais elle ne lui dit pas.

Il est content de pouvoir discuter littérature avec elle. Ses ami*es*, qui ont fait philo ou socio et se résignent maintenant à devenir profs – Leipzig n'offre pas de poste de recherche en sciences humaines –, ne lisent que des essais, comme si la littérature n'était pas assez bien pour eux. Or, ce que Jonas adore dans la littérature c'est justement ce que ses ami*e*s n'aiment pas : qu'on n'y trouve pas de thèses claires et précises. Qu'il n'y ait pas de mots pour décrire ce qui change en vous après la lecture d'un bon livre. Non, il ne serait pas la même personne si, plus jeune, il n'avait pas lu autant.

Elle aime parler littérature, oui, mais à l'époque, Jonas ramène tout à la théorie. Il faut qu'il analyse chaque livre au regard de la littérature post-moderne, c'est agaçant. La conversation se réduit souvent à du simple name dropping.

Sur le pont, ils trinquent à la littérature russe ! ukrainienne ! à la littérature tout court !

Anna est saoule après seulement quelques shots – elle n'a pas dîné. Jonas sort une autre bouteille de vodka. Elle est sûre, pourtant, qu'ils n'en ont acheté qu'une. Non, elle boit sans y être forcée.

Il ne voulait pas se bourrer la gueule. C'était juste un banal soir d'été à Leipzig sans rien de spécial à faire, c'est pour ça qu'ils ont bu. Jonas dit que c'est venu d'elle. Il n'avait couché avec personne depuis sa rupture avec Lisa. Sur le pont, il ne s'était encore rien passé.

À un moment, Anna dit qu'elle a faim. Il répond qu'il n'habite pas loin, qu'il a des trucs dans le frigo. Elle propose d'aller chez lui. Non, elle n'a rien planifié. Elle n'avait pas d'idée derrière la tête.

Il habitait la Arthur-Hoffmann-Straße. Pas loin du parc, en effet.

— B

Anna connaît bien le quartier, sa toute première colocation à Leipzig se trouvait pas très loin, sur la Körnerplatz. C'est là qu'elle a rencontré Hannes. Il lui avait fait passer le casting, comme on dit. Ils y ont vécu presque trois ans, jusqu'à ce que le loyer augmente. Depuis, elle a habité quatre colocations, quatre quartiers différents – et chaque fois de moins en moins de monde pour l'aider à déménager : Südvorstadt, Schleußig, puis l'est de la ville, et maintenant Connewitz. Il y a pire comme quartier. À choisir, elle aurait préféré vivre dans l'ouest où habitent la plupart des gens qu'elle connaît, mais aucune colocation n'a voulu d'elle.

L'appartement de Jonas échappe depuis longtemps aux travaux de rénovation. Les fenêtres ont certes été refaites, mais son coloc et lui ont réussi à garder le chauffage au poêle en bombardant le syndic de lettres afin de retarder les travaux.

Anna et lui sont seuls. Son colocataire est sorti. Jonas est soulagé, Momo aurait fait une tête bizarre en la voyant – il sait que Momo regrette Lisa et l'équilibre que sa présence donnait à la vie de l'appartement.

Ils continuent de boire dans la cuisine : Jonas a encore de la vodka ukrainienne de son dernier voyage. Et puis une chose en entraîne une autre. Anna ne se souvient pas bien de tout – seulement que ça s'est passé de manière *classique*, qu'il n'y a pas eu beaucoup de mouvements. Qu'ils étaient très saouls. Qu'elle était en-dessous et que ça n'a pas duré longtemps. Que la première fois avec quelqu'un, ce n'est jamais super. Après ils se sont endormis.

Jonas se souvient surtout du moment avec le préservatif. Parce qu'il a eu un peu honte. Il en garde toujours une boîte sous son lit, les bien, les fins, qui permettent de mieux sentir. Mais ce soir-là, lorsqu'il passe la main sous le lit, rien. Il déteste ce moment où il faut demander : je vais chercher une capote ? Jonas fouille dans son portefeuille mais n'en trouve pas. Il va voir dans la salle de bains – il lui semble y avoir vu des préservatifs appartenant à Momo. Exact. Ensuite, tout se passe assez vite, malgré l'interruption des préliminaires. Le rapport en lui-même est bien sans plus. C'est nouveau pour lui, de coucher avec une autre personne que Lisa. Anna est plus mince, ses seins sont plus petits. Il se surprend à essayer d'appliquer avec elle des mouvements et techniques répétés des années durant, mais sans succès. C'est vrai qu'Anna ne sait pas quelles sont ses positions préférées. Et puis il est franchement alcoolisé.

Le moment avec le préservatif ? Anna dit qu'elle n'a pas trouvé ça grave, ça lui a plu, c'était mignon qu'il soit embarrassé. L'avantage des préservatifs (hormis le fait d'éviter de tomber enceinte ou d'attraper une MST), c'est que ça oblige à se parler. Ça pose la question du consentement. Vous avez la possibilité de dire non quand l'autre demande s'il doit aller chercher une capote.

Le réveil n'est pas agréable. Anna a mal dormi, elle n'a pas l'habitude de partager un lit, sans compter que Jonas s'est plusieurs fois collé contre elle pour l'enlacer.

Elle se sent nauséeuse, prépare déjà une excuse : elle a promis à sa colocataire de l'aider sur un truc. Elle veut à tout prix éviter de petit-déjeuner avec lui bien qu'il le lui propose – par politesse, c'est sûr.

Jonas a aimé ne pas dormir seul pour une fois. Depuis sa séparation avec Lisa, les câlins lui manquent, la chaleur d'un autre corps contre le sien. Anna, elle, ne semble pas avoir passé une bonne nuit. Il est soulagé qu'elle parte tout de suite, elle leur épargne la gêne du petit-déjeuner, et comme ça il peut se rendormir.

Anna n'y repense pas outre mesure. Elle n'a pas envie d'une relation et n'est pas amoureuse de lui. Ça s'est fait comme ça, c'est tout. Elle se réjouit d'avoir remis les compteurs à zéro, même si ce n'était pas terrible – elle en avait besoin pour son égo. Sa plus longue période sans sexe remonte à sa première année de fac : le temps qu'elle se fasse à son nouvel environnement, qu'elle prenne confiance en elle. Le manque de confiance n'est pas sexy. Elle l'a bien vu l'année dernière, après tout ce qui s'est passé. Elle a remarqué comment les gens la regardaient lorsqu'elle se sentait bien dans sa peau, alors que quand ça n'allait pas, personne ne faisait attention à elle. Anna trouve ça blessant.

En rentrant de chez Jonas, Future Islands dans les oreilles, elle est de bonne humeur. Elle marche – son vélo est resté devant la bibliothèque – en pensant : cool, du sexe, enfin ! Ça faisait trois mois environ – trois mois c'est son maximum. Plus longtemps sans sexe ce n'est pas possible. La dernière fois remontait à un ancien copain de classe – dont elle a d'abord pensé être amoureuse, avant de le trouver agaçant.

Jonas ne pense pas à elle très longtemps, il n'est pas amoureux. Il la voit plutôt comme une distraction, un moyen de ne plus penser à son ex-copine. Ce n'est pas le sexe qui lui manque, mais l'intimité, et Lisa en tant que personne. Ce sentiment de sécurité. Il n'a pas envie de se lancer dans une nouvelle relation. Coucher avec Anna lui a permis de faire un peu autre chose, il n'a pas vu grand monde les semaines précédentes – il fallait qu'il s'habitue à être à nouveau seul. Depuis que Lisa l'a quitté, il ne cuisine plus. C'était leur truc à eux. Il se sent triste à l'idée de cuisiner seul désormais et préfère manger au restau U quand il ne s'achète pas des pizzas surgelées. Cuisiner avec son coloc n'est pas une option : Momo mange de la viande à presque tous les repas, alors que lui est végétarien depuis bientôt dix ans.

Ils se revoient quelques jours plus tard, devant un match. Anna ne se rappelle pas ce qu'elle a fait entre-temps. Ses souvenirs sont flous. Elle a probablement travaillé au Lindental, été au lac ou peut-être à l'Albertina. Elle se souvient que pendant longtemps il n'y a pas eu Internet dans son nouvel appartement, et qu'elle a beaucoup lu, ne sachant pas trop quoi faire d'autre.

Algérie-Russie. Jonas s'en souvient très bien car Hannes et lui ont parlé du conflit en Ukraine – le match les avait lancés sur le sujet –, puis de la France en tant que puissance coloniale, tirant des parallèles avec la conception russe de l'impérialisme. Anna est arrivée plus tard, après le coup d'envoi.

Elle ne sait plus de quel match il s'agissait. Allemagne-Belgique ? Ce soir-là elle arrive en retard, comme toujours. Elle n'est jamais ponctuelle. Se préparer, éteindre l'ordinateur même, lui prend des heures. Ça l'énerve d'être comme ça. Au bar elle n'ouvre jamais à l'heure. Heureusement son chef est sympa, et puis c'est rare qu'il y ait des gens devant la porte à huit heures pile.

Pendant le match, Anna s'ennuie – en vérité elle est surtout venue boire une bière et bavarder. Elle tente de discuter avec Hannes mais il finit par s'énerver – lui est venu voir le match. Elle se tourne alors vers Jonas, elle sait qu'il ne s'y intéresse pas non plus.

Comme plus tôt avec Hannes, Anna et lui parlent du conflit ukrainien, plus exactement du Maïdan. Qui a tiré sur la foule pendant les manifestations ? des Russes ? des néo-nazis ukrainiens ? des Américains ? Comme elle, Jonas ne croit pas à la théorie du complot qui met en cause des tireurs américains. Mais les autres théories sont plausibles.

Le match terminé, Jonas se met tout de suite en chemin. Il veut être tôt à la bibliothèque le lendemain.

Il ne s'attendait pas à ce qu'Anna vienne lui proposer ça.

C'est le premier mec à lui sortir un truc pareil ! Ridicule ! Elle n'a plus quinze ans !

Alors que Jonas est en train de détacher son vélo – les autres sont trop loin pour les entendre –, Anna s'avance et lui propose de rentrer avec elle, elle n'habite pas loin.

C'est la première fois qu'on lui demande ça de manière aussi directe. Qu'on lui demande ça tout court. Jusqu'ici il a toujours été en couple et ne s'intéressait pas ou peu à d'autres filles. Perplexe, voilà comment il s'est senti.

Anna explique qu'elle pouvait comprendre sa première réaction, mais pas ce qui a suivi. Un simple non aurait suffi. Mais il a fallu qu'il en fasse toute une histoire. Sa question était claire, il s'agissait de sexe, rien de plus, de casual sex juste. Avec un mec qui ne soit pas trop stupide, qui ne saute pas sur tout ce qui bouge, un mec avec qui il soit possible de discuter et de s'amuser, c'est tout. Pas de relation, pas de responsabilité, pas d'engagement. Elle était hors d'elle.

Il a dit non, pas de problème, elle n'a pas l'intention d'insister. Et puis il a fallu qu'il ajoute ce « Écoute Anna »...

À ce moment-là, Jonas se dit qu'il vaut mieux clarifier les choses et lui explique qu'il n'est pas intéressé par une relation. C'était ce qu'il fallait faire. Ce n'est pas cool les faux espoirs.

Il baragouine un truc du genre qu'il vient de sortir d'une relation et qu'il n'est pas prêt pour quelque chose de nouveau. Pourquoi a-t-il eu besoin de lui dire ça ? Elle ne croit pas lui avoir envoyé de signaux, elle voulait juste coucher avec lui, point !

Jonas est soulagé. Pendant la semaine qui a suivi cette nuit chez lui, il avait peur de la croiser à la bibliothèque. Il passait son temps à réfléchir à des excuses pour ne pas être obligé de lui parler au cas où. Heureusement, ce n'est pas arrivé.

Anna ne réagit pas à ses explications, lui dit Salut, et passe la semaine suivante loin de l'Albertina. Mais à Leipzig, difficile de ne pas se recroiser tôt ou tard.

— C

Hannes se souvient plutôt bien de cette nuit du 4 juillet – c'était son anniversaire après tout. Ce soir-là, rien ne le frappe particulièrement.

La dernière fois qu'il les voit c'est dans la cuisine. Quelle heure est-il ? Deux, trois heures du matin, passé minuit c'est sûr, une heure tardive comme on dit. Ils sont saouls, Anna titube. Jonas et elle ont passé la soirée à rire, collés l'un à l'autre.

Enfin si, une chose l'interpelle – mais le lendemain seulement : il retrouve un téléphone portable sur l'aire de jeux derrière l'immeuble. Il n'y a pas de clôture pour la séparer du jardin, c'est le même terrain. Une fois les derniers groupes partis, Hannes s'endort près du feu. C'est la sonnerie du téléphone qui le réveille au matin : une musique pénétrante s'immisce dans son rêve. La sonnerie n'est pas très forte à vrai dire, mais il ne dort pas profondément – autant qu'on peut le faire recroquevillé près d'un feu de camp. Il ouvre les yeux, confus. Autour de lui personne. Suivant la mélodie, il finit par trouver un téléphone dans l'herbe, près du toboggan : c'est celui d'Anna. Hannes le reconnaît, il a longtemps vécu avec elle. Ça fait des années qu'elle a ce vieux Nokia, d'ailleurs c'est la seule personne de son entourage à ne pas avoir de smartphone – c'est énervant car on ne peut la contacter que par SMS, mais il doit bien le reconnaître, il aimerait bien que sa batterie dure aussi longtemps.

Anna trouve ça ironique après coup, que ça se soit passé la nuit du 4 juillet, elle déglutit, le jour de l'*Indépendance*.

Si elle avait su que les quarts de finale seraient diffusés pendant la soirée, elle serait arrivée plus tard, après le match. Elle y repensera longtemps les semaines suivantes. Elle aurait peut-être moins bu, et tout ça ne se serait peut-être pas arrivé. Elle se repassera en boucle tous les détails de la soirée, ceux dont elle se souvient du moins. Aurait-elle dû boire du vin blanc plutôt que des gin tonic ? moins de shots ? est-ce que ça aurait changé quelque chose ?

Hannes déprime à l'idée d'avoir trente ans. Malgré tout – ou justement pour cette raison –, il a envie d'organiser une grosse soirée, seulement il ne sait pas où. Il habite à Schleußig, dans un immeuble bourgeois rempli de familles qui ne permettront jamais qu'il fasse une fête dans la cour jusqu'à pas d'heure. Jonas propose que la fête ait lieu chez lui, ils ont un grand jardin. Momo est d'accord – à condition que Jonas et lui ne s'occupent de rien et que ce soit Hannes qui range le lendemain.

L'idée de fêter ses trente ans lui est venue après l'anniversaire d'un ami d'Erasmus, en Catalogne, dans les collines au-dessus de Barcelone : il y avait tous ses potes, un groupe de musique, des jeux et, à une heure du matin, de la nourriture avait été servie. C'est exactement ce dont Hannes a envie : une fête mêlant sa famille et ses amies. Comme pour un mariage, mais sans avoir à se marier – il ne croit pas au mariage. Pas de groupe de musique, mais le match, et puis du punch, un buffet, un feu de camp. Ses parents, ses frères et sœurs ainsi que ses potes de Göttingen seront là. Il se réjouit.

Au début, Hannes pense installer un grand écran mais réalise que c'est à la fois trop compliqué et trop cher. D'où le vidéoprojecteur. Ils suspendront un drap sur le mur de l'immeuble voisin. Le seul problème c'est que le match commence à dix-huit heures – il fera encore jour et ce sera difficile de distinguer le ballon mais tant pis, c'est mieux que rien.

Verena, la colocataire d'Anna, sait pour Jonas. Anna lui a tout raconté un soir, sur le balcon. Elle se réjouit qu'Hannes l'ait invitée à sa fête. Ils ne se sont vus que quelques fois – elle vient d'emménager à Leipzig.

Lorsqu'elles arrivent, le match a déjà commencé. Anna s'en plaint immédiatement : sérieusement ? on ne peut vraiment pas y échapper ! Elle se plante devant le vidéoprojecteur, les têtes se tournent pour protester. Anna s'écarte, l'image retrouve l'écran. Verena et elle prennent la direction du buffet. Juste avant la mi-temps, Anna se rend aux toilettes. Verena s'en souvient car elle n'a pas aimé se retrouver seule pendant la pause : à part Hannes elle ne connaissait personne et il était en train de discuter avec ses parents, elle ne voulait pas déranger.

Est-ce qu'il remarque quelque chose de particulier pendant la fête ? Quelqu'un qui se comporte bizarrement ? Momo est le premier à répondre oui tout de suite. Oui, il a trouvé ça bizarre de tomber sur Anna dans la chambre de Jonas – la porte était entrouverte, il voulait demander où était rangé le vin blanc. À l'époque il ne sait pas encore qui elle est. Jonas lui a certes parlé d'une fille qu'il a ramenée à l'appartement un soir mais Momo ne l'a pas vue et c'est une inconnue qu'il trouve en train de farfouiller autour du lit.

Le lit est contre la fenêtre. De grandes étagères blanches Ikea le séparent de la porte. Momo ne voit pas tout de suite de qui il s'agit et demande pour le vin. Anna est à genoux sur le matelas, elle passe la tête derrière les étagères et le fixe. Elle donnait l'impression d'être prise en flagrant délit. Momo ne lui demande rien, pourtant Anna se dépêche de dire : Je cherchais quelque chose, puis elle se lève et sort rapidement, comme un chat. Elle dégage quelque chose d'agressif et Momo n'ose pas lui courir après pour l'interroger. Il compte en parler à Jonas mais lorsqu'ils se recroisent plus tard dans la soirée il n'y pense déjà plus. Ça ne lui a pas paru important sur le coup, seulement après.

Peut-être qu'elle aurait dû demander à Jonas l'autorisation d'aller dans sa chambre. Mais ça s'est fait spontanément.

Tandis qu'elle se rend aux toilettes, Anna passe devant sa chambre et se dit que c'est peut-être là qu'elle a oublié son foulard bleu. C'est l'été mais elle le porte la nuit quand elle est à vélo. Elle a déjà cherché à pas mal d'endroits, au Lindental, chez elle, à la bibliothèque. Le foulard n'a rien de spécial mais elle l'a acheté à Tel Aviv il y a quatre ans, sur un marché aux puces. Il lui rappelle de bons souvenirs, elle y tient.

Puisqu'elle est déjà venue, elle ne trouve pas ça bizarre ou impoli d'entrer dans la chambre. D'autant que la porte est ouverte. Elle veut juste jeter un œil, si le foulard y est elle le verra tout de suite. Rien. Il a peut-être glissé sous un coussin.

Son coloc a réagi comme si elle était une cambrioleuse. Elle n'avait pas envie de se justifier et elle est vite sortie de la chambre.

De retour dans le jardin, Anna entraîne Verena vers le bar – une planche de bois sur des caisses de bière – et commande deux gin tonic. Verena n'a pas prévu de boire. Elle veut être en forme le lendemain, elle a du travail pour la fac, mais elle se laisse convaincre. Anna descend son verre d'un trait. Elle a l'air tendue, en colère, mais ne dit pas pourquoi. Verena et elle n'habitent ensemble que depuis deux mois, et jusque-là elles se sont surtout croisées. Elle se retrouvent dans la cuisine peut-être une fois par semaine, discutent un peu de tout, de choses personnelles aussi. Il leur est souvent arrivé de parler garçons par exemple. Mais on ne peut pas dire qu'elles sont amies, pas encore, la confiance n'est pas là. Pour autant Verena voit bien que quelque chose ne va pas, sans oser lui demander quoi. Et puis Anna est lunatique : parfois elle est ouverte, de bonne humeur, contente de discuter, parfois elle se contente d'un Salut avant de partir dans sa chambre. Anna semble difficile à approcher.

Anna sait que Jonas sera là. La fête a lieu dans son jardin après tout. Elle s'est attendue à ce que ce soit bizarre entre eux, mais pas à ce qu'il l'ignore frontalement. En arrivant elle fait le tour de tout le monde. Jonas continue de discuter sans lui prêter attention. Tellement puéril.

Il ne l'a pas ignorée sciemment. Ils n'ont juste pas eu l'occasion de se dire bonjour ou de parler pendant le match. Et puis il y avait du monde, c'était facile de rater des gens. La première fois qu'ils se sont parlé, c'était au buffet.

Ça suffit ces conneries. Anna ne tient plus. Elle attrape son verre. Verena la regarde s'éloigner vers le buffet où se tient Jonas.

Elle commence par râler, comme chaque fois, à cause du foot, parce que c'est chiant que l'Allemagne ait gagné, d'avoir été obligée de regarder le match. Puis ils se mettent à parler du buffet, se servent en même temps de la mousse au chocolat – le chocolat l'emporte sur la vanille, c'est clair.

Au départ, la conversation est tendue. Anna est sur la défensive. Mais une fois assis, l'ambiance s'apaise, la discussion est plus fluide.

Verena ne parle qu'une seule fois avec Anna et Jonas, c'est en début de soirée, quelque part entre la fin du match et l'ouverture des cadeaux. Ils sont assis à la même table, se lèvent à tour de rôle pour aller se ravitailler au buffet. De quoi discutent-ils ? Elle ne sait plus.

C'est le genre de soirée où les rencontres se font facilement et il ne se passe pas beaucoup de temps avant qu'elle trouve des amies d'Hannes avec qui elle s'entend bien.

Plusieurs témoins confirment : Anna et Jonas passent la soirée ensemble et il est difficile de s'immiscer dans leur conversation. Soit ils cherchent à rester seuls, soit ils discutent de choses difficiles à comprendre. Stefan par exemple, un ami d'Hannes – ils ont étudié ensemble à Göttingen – essaie de les lancer sur la Coupe du monde mais il est évident que ni Anna ni Jonas ne s'y intéressent.

Hannes sait recevoir. Anna raconte que ce soir-là, il passe de groupe en groupe avant de s'assoir à leur table. Il est huit heures, huit heures et demi peut-être, les gens sont déjà saouls, certains viennent d'arriver, ceux qui avaient d'autres engagements sont partis après le match. Tous trois discutent de choses et d'autres : le jardin, l'augmentation des loyers, le fait d'avoir trente ans.

Jonas ne s'attendait pas à ce que ce soit de nouveau si intéressant de discuter avec elle. Vu la façon dont il se sont quittés la dernière fois, il pensait qu'après s'être dit bonjour ils s'éviteraient toute la soirée.

Il n'aime pas trop les ami*e*s d'Hannes. Il n'a pas envie de discuter avec des gens qu'il ne connaît que vaguement, et déteste le small talk. C'est ça qui est bien avec Anna : il n'y a jamais de blancs entre eux. Ils ne se sont parlé que trois fois en tout mais c'est comme s'ils se connaissaient depuis bien plus longtemps. Parce qu'ils ont couché ensemble peut-être.

Anna le reconnaît à contrecœur : Jonas et elle étaient « sur la même longueur d'onde ». Elle connaît la plupart des personnes invitées à la fête – Hannes est fidèle en amitié –, mais beaucoup l'ennuient. C'est peut-être pour ça qu'elle passe la soirée à parler à Jonas : enfin quelqu'un de nouveau, elle n'est pas obligée de discuter avec les mêmes personnes que d'habitude.

Elle ne se contente pas de répéter ce qu'il dit, c'est ce qui la rend plus intéressante que les autres à ses yeux. C'est comme s'il dégageait un truc, explique Jonas : les gens sont presque toujours d'accord avec lui. Sûrement parce qu'il est doué en rhétorique et capable de clouer le bec à presque tout le monde. Avec Anna c'est le contraire : elle passe son temps à le contredire – peut-être aussi pour le simple plaisir de le provoquer. S'il dit que la politique expansionniste de Poutine en Ukraine est inadmissible, elle répond qu'après tout, l'Union européenne aussi essaie d'étendre son influence dans la région et qu'il est normal que la Russie réagisse. S'il dit qu'il est solidaire d'Israël, elle répond que l'installation de colonies en Cisjordanie n'est pas défendable. S'il dit que l'écriture inclusive est importante et qu'il utilise le point médian dans sa thèse au lieu des parenthèses, elle répond qu'elle genre ou pas en fonction du contexte.

C'est peut-être ce débat permanent qui fait qu'ils passent la soirée ensemble. Jonas ne s'ennuie pas une seconde.

Non, elle ne fait pas exprès de contredire Jonas. C'est juste qu'il utilise parfois des formules vagues, imprécises ; c'est peut-être pour ça qu'il pense qu'elle n'est jamais d'accord avec lui – de son côté elle trouve que leurs points de vue se rejoignent.

S'il a bu des shots avec eux ? Bien sûr. Ce soir-là, Hannes passe de table en table, une bouteille de vodka dans une main, un bocal de cornichons dans l'autre. Ils trinquent à la vie, à l'amitié, à l'amour, au jardin, à la fête, au buffet.

Il ne peut pas dire à quel point Anna était saoule car lui-même avait déjà pas mal bu – de toute façon il part du principe qu'elle tient bien l'alcool, elle travaille dans un bar après tout. En général il tient moins bien qu'elle, alors qu'il est plus grand et plus lourd. Anna a de l'entraînement et aime bien boire. Hannes réfléchit à la quantité qu'Anna buvait ces années-là : beaucoup, et presque tous les jours. À la bibliothèque ils discutaient souvent de ce qu'ils avaient fait la veille et il était souvent question d'alcool dans les histoires d'Anna. Sans compter qu'ils buvaient chaque fois qu'ils se voyaient. Il ne se souvient pas d'une fois où ça n'aurait pas été le cas.

Si Anna boit beaucoup ce soir-là ? Jonas n'a pas fait attention, lui-même ayant beaucoup bu.

C'est évident qu'elle boit beaucoup ce soir-là. Autrement la soirée se serait peut-être déroulée différemment. Anna se déteste. Ça ne lui arrive jamais de perdre le contrôle, même sous l'influence de l'alcool – elle n'a jamais testé d'autres drogues.

Autour de lui, l'alcool est la seule drogue qu'on consomme. Pas de poudre, de l'herbe parfois. À Leipzig ça crée une frontière entre les cercles, explique Hannes : ceux où l'on boit de l'alcool et ceux où l'on prend des drogues dures. Il connaît peu de gens qui consomment les deux. Non, il a du mal à s'imaginer quelqu'un mélanger quelque chose dans un verre. Pas à Leipzig. Pas à cette fête.

Jonas dit qu'à cette soirée, il n'y avait que de l'alcool.

C'est la remise des cadeaux qui interrompt leur conversation. Tout le monde se met à chanter. Bien qu'Anna connaisse la plupart des amies d'Hannes depuis des années, ils ne sont pas proches pour autant. À quoi ça tient ? Elle ne peut pas dire, elle n'a jamais aimé les groupes. Elle n'a pas acheté de cadeau. Elle avait oublié son anniversaire et l'invitation à sa fête est arrivée tard, elle n'a pas eu le temps d'acheter un truc. En tout cas, mieux vaut pas de cadeau que le sketch qu'on leur impose : cinq personnes arrivent habillées comme dans les années 1920 – ou plutôt l'idée qu'elles s'en font : vestons, petits chapeaux, raie sur le côté, fume-cigarettes noirs –, se mettent en ligne et entonnent une chanson de Brecht :

Car hélas, pour cette vie,
L'homme n'est pas assez malin :
Partout ruse et fourberie,
Lui seul n'en sait rien ![1]

1. *« Le chant de la vanité de l'effort humain », tiré de* L'Opéra de quat'sous *de Bertolt Brecht, dans une traduction de Jean-Claude Hémery. N.d.T.*

Pathétique ! Jonas ne supporte pas Brecht.

Anna a honte pour eux. C'est le genre de truc qu'on s'attend à voir à un mariage ou aux soixante-ans de quelqu'un, mais pas là. Et puis ça n'en finit pas.

L'homme est loin d'être bon,
Tapez-lui sur la gueule !
Peut-être, à force, il deviendra bon,
Si on lui casse la gueule !

Ensuite c'est encore pire : ils joignent le geste à la parole. L'un d'eux se fait casser la gueule par les autres et tombe théâtralement dans les pommes.

Jonas la regarde et lève les yeux au ciel. Oui : c'est malaisant. Il fait courir son index et son majeur sur la table, invitation à prendre le large. Elle acquiesce d'un signe de tête. Sur le chemin de l'épicerie de nuit la plus proche ils se moquent ouvertement du numéro qu'on vient de leur infliger.

Jonas préfère les roulées mais, arrivés devant l'épicerie, il pioche dans le paquet qu'Anna lui tend. La trêve ne dure pas.

La rue est pleine de petits drapeaux de l'Allemagne fixés aux fenêtres et rétroviseurs des voitures. L'une d'elles en compte même à chaque portière. Anna se met à les décrocher un par un. Tout ce foot, cette fierté nationale, ça lui donne la gerbe.

Le soleil vient juste de se coucher, il ne fait pas encore noir. Quelqu'un pourrait les voir. Jonas essaie de l'arrêter mais sans succès, elle continue de s'acharner sur un rétroviseur.

Anna trouve ça drôle au début, qu'il flippe comme ça. Qu'est-ce qui pourrait bien se passer ? Au pire, si le propriétaire de la voiture arrive, ils n'auront qu'à s'enfuir. Mais Jonas lui crie de s'arrêter.

C'est quoi son problème, aboie-t-elle. Elle continuait juste parce qu'il lui demandait d'arrêter, raconte Jonas. Une vraie gamine.

Oui, peut-être qu'elle cherchait juste à l'énerver. Il faut dire aussi qu'elle avait pas mal bu. Elle n'aurait pas fait ça sinon. L'alcool la rend agressive.

Ça l'énerve plus qu'il ne l'aurait cru. Jonas aussi trouve ça nul tous ces drapeaux, mais ce n'est pas une raison pour être aussi condescendante. Elle n'a plus seize ans ! Les gens font bien ce qu'ils veulent !

Jonas fait demi-tour et retourne à la fête. Elle lui court après, oubliant les drapeaux. Ils marchent côte à côte en silence puis se séparent une fois dans le jardin.

Pendant plusieurs semaines, Anna repensera à cette scène, cherchant une raison qui aurait pu pousser Jonas à faire ce qu'il fera cette nuit-là. Est-elle allée trop loin ? a-t-il cherché à lui faire payer quelque chose ? qu'est-ce qui l'a tant dérangé dans le fait qu'elle arrache ces drapeaux ? qu'elle ne l'ait pas écouté ? qu'elle n'ait pas obéi ?

Ce soir-là, Verena ne discute qu'à deux reprises avec Anna : d'abord en début de soirée, à leur arrivée, puis après la chanson de Brecht. Elle ne la voit plus après ça. Elle passe du temps avec deux filles de Berlin qui viennent d'emménager à Leipzig, discute des avantages des petites villes, du calme, des trajets plus courts. Anna réapparaît devant le feu de camp. Elle s'assoit près de Verena, fixe les flammes, l'air maussade. Verena ne lui demande rien. Elle a l'habitude de ses sautes d'humeur et sait s'adapter. Elles restent assises en silence.

De retour à la fête, Jonas circule de groupe en groupe. Il discute avec différentes personnes : Hannes et sa famille, un type qui suit l'un de ses cours, un autre qu'il a rencontré lors du dernier match, dans le biergarten. Se souvient-il de leur conversation ? Pas plus que ça. Des prises de bec sans importance.

Oui, il continue de boire. Difficile de faire autrement avec Hannes qui, toutes les trente minutes, passe un bras autour de vos épaules pour vous proposer un shot de vodka. Vous n'avez pas le temps de dire non que déjà vous videz votre verre et croquez dans un cornichon.

Elle n'aurait pas dû participer au jeu d'alcool qui avait lieu près du feu. Uli pose les questions, il n'y a pas d'équipes, pas vraiment de règles, chacun crie sa réponse à tue-tête, celles et ceux qui ont faux boivent un shot. Le thème du quizz ? Le café.

Comment appelle-t-on la boisson composée d'un tiers d'expresso et de deux tiers de mousse de lait ?

Cappuccino ! crie Anna, sûre d'elle.

Faux ! Flat White !

Anna boit un shot – un mexikaner.

Expresso et mousse de lait ?

Latte macchiato !

Non ! Expresso macchiato.

Anna s'est toujours définie comme une amatrice de café, en tout cas elle en boit beaucoup. Si elle n'en avale pas un au réveil elle a tout de suite mal au crâne, de la nuque jusqu'au front, preuve de son addiction. Mais elle s'est trompée : ses connaissances sont limitées, il existe apparemment plein d'autres façons de servir le café. Ça ne l'empêche pas de hurler chaque fois cappucino ou latte macchiato en guise de réponse – et se retrouve à boire mexikaner sur mexikaner.

À un moment, Jonas est de nouveau assis à côté d'elle.

Il n'avait pas l'intention de s'assoir à côté d'elle. Au départ trois personnes étaient entre eux, mais elles sont parties les unes après les autres, chez elles, aux toilettes ou parce qu'elles avaient trop chaud.

Anna balbutie qu'elle aimerait boire un shot avec lui, trinquer à l'amitié. Il accepte. Leur bras s'entrecroisent, leur fronts se touchent presque au moment d'avaler le contenu de leurs verres.

Non, il n'a rien planifié.

Quelle heure est-il à ce moment-là ? Anna ne peut pas dire. Peut-être qu'elle avait déjà perdu le contrôle.

Hannes reste un moment près d'eux. Il aimerait s'immiscer dans la conversation mais ne comprend pas de quoi ils parlent. Enfin, conversation c'est beaucoup dire : Anna et Jonas sont très saouls. Ils se balancent noms et bouts de phrases à la figure sans réagir à ce que dit l'autre, crient presque.

C'est la dernière fois qu'il les voit. Non, Hannes se corrige immédiatement : plus tard il les verra tituber dans les bras l'un de l'autre et aidera Jonas à monter Anna dans l'appartement.

Qui a l'idée d'aller à l'aire de jeux ? Anna ne sait plus. Elle ne se rappelle pas tout ce qui s'est passé cette nuit-là. Elle n'a que des flashs : l'épicerie, la voiture avec les drapeaux. Noir. Feu de camp. Noir. Aire de jeux. Le chemin pour aller à l'air de jeux ? Disparu.

C'était l'idée d'Anna. Elle était saoule, voulait s'éloigner des gens, du feu de camp, de la chaleur qui n'arrangeait rien. Jonas n'avait pas spécialement envie d'y aller mais en se levant elle a trébuché et manqué de tomber dans le feu. Il s'est dit qu'il valait mieux ne pas la laisser seule. Elle risquait de s'endormir quelque part sans qu'on sache où.

Ça l'agace. Et ils ne vont pas loin avant qu'Anna demande à faire une pause. Ils s'arrêtent à l'aire de jeux. Elle s'assoit sur le toboggan. Il reste debout à côté d'elle, prêt à lui tenir les cheveux – elle dit qu'elle va vomir.

Oui, Anna se rappelle son envie de vomir.

Verena part à la recherche d'Anna – elle voudrait rentrer avec elle. Elle interroge quelques personnes, on finit par lui indiquer l'aire de jeux. C'est la dernière fois qu'elle les voit ce soir là.

Ce n'était pas loin du jardin, précise Jonas. Avant, il y avait une clôture, mais la ville l'a arrachée pour faire des travaux de rénovation.

Verena n'a jamais su estimer les distances. Il y avait peut-être trois cent mètres entre le feu de camp et l'aire de jeux. On pouvait voir qu'il y avait des gens mais impossible de savoir qui. Elle se débat dans les hautes herbes jusqu'à pouvoir en être sûre, oui, c'est eux.

Pourquoi ne les rejoint-elle pas ? Pourquoi ne ramène-t-elle pas Anna chez elles ? Elle ne voulait pas les déranger. Ils étaient en train de s'embrasser. Elle est rentrée seule à l'appartement.

Anna dit qu'ils ne se sont pas embrassés.

Finalement elle ne vomit pas. Heureusement, dit Jonas. Il se penche vers elle pour voir si tout va bien, et au moment où il écarte les cheveux de son visage, Anna l'embrasse. Il l'embrasse en retour, par automatisme.

Ce n'est pas fantastique comme baiser. Anna sent l'alcool et lui est incapable de garder l'équilibre. Ça ne dure pas longtemps. Elle finit par se laisser tomber en arrière, le dos contre le toboggan. Elle part d'abord d'un grand rire puis s'endort, d'un coup. Il hallucine. Elle reste étendue sur le dos, la respiration bruyante. Jonas répète son nom, la secoue un peu, elle ne se réveille pas.

Qu'est-ce qu'il était censé faire ? Il ne pouvait quand même pas la laisser là ! Elle n'était pas en état de rentrer seule.

Jonas part chercher Verena, mais elle est déjà partie. Anna et lui font à peu près la même taille mais elle est plus légère. Il la porte dans sa chambre.

Anna finit par se réveiller après qu'il l'a secouée plusieurs fois et parvient à retourner à la fête en s'appuyant sur lui. Elle pense avoir été consciente tout du long.

Hannes aide Jonas à monter Anna à l'appartement, au troisième étage. Anna n'y serait pas arrivée seule. Elle est tellement saoule qu'elle ne tient plus debout. C'est mieux qu'elle passe la nuit chez lui, raconte Jonas. Ça tombe sous le sens. Quand un pote s'endort debout c'est la chose à faire, non ?

Hannes les abandonne dans la cuisine et ne les revoit plus de la soirée. Les gens partent les uns après les autres. Il finit par se retrouver seul avec son frère et un ami près du feu qui faiblit doucement. Lorsqu'il se réveille, le soleil tape fort.

Depuis, les questions s'accumulent : aurait-il dû agir autrement ? aurait-il dû éviter de les laisser seuls ? appeler un taxi ? ramener Anna chez lui à la place ?

Le trajet entre l'aire de jeux et l'appartement ne fait pas partie des flashs. Anna ne sait pas comment elle s'est retrouvée dans la chambre de Jonas. Elle n'est revenue à elle qu'une fois dans son lit, il était en train de lui enlever son pantalon.

Le lendemain, Hannes trouve le portable d'Anna dans l'herbe, près du toboggan.

Si le portable n'avait pas sonné il ne l'aurait jamais trouvé. L'aire de jeux n'appartient pas au jardin. La mélodie lui est restée en tête toute la semaine :

Your stare was holdin',
Ripped jeans, skin was showin'
Hot night, wind was blowin'
Where do you think you're going, baby ?

Hey, I just met you, and this is crazy
But here's my number, so call me maybe.

— D

La jeune femme lui était familière, mais elle n'avait pas dû venir souvent. Les riveraines et les habituées il les connaît – Basil est physionomiste, c'est important quand vous tenez une épicerie de nuit.

L'été de la Coupe du monde est encore frais dans sa mémoire. Avant il n'aimait pas le foot, mais depuis qu'il vit en Allemagne il est fan. C'est important ici le foot. Il soutient la Mannschaft. Cet été-là il regarde tous les matchs. Il a installé une télé et deux bancs sur le trottoir. Chez lui aucune obligation de consommer, raconte-t-il avec fierté, mais il est content si les gens achètent à boire.

Ce jour de juillet, l'Allemagne joue la France en quart de finale. Un match passionnant, ils leur ont donné une leçon aux Français. C'est aussi le jour où deux policiers municipaux le menacent d'une amende : ils veulent voir son autorisation de diffusion, ce n'est pas permis d'installer des bancs sur le trottoir, ça bloque le passage. Ils demandent s'il a rempli le formulaire pour les droits, sans ça, pas de retransmission publique.

Basil remet alors les bancs et le téléviseur à l'intérieur mais l'épicerie est trop petite pour y regarder les matchs. Bien sûr cela se ressent sur le chiffre.

Un couple qui se dispute ? Au début ça ne lui dit rien. Mais l'histoire des petits drapeaux fait remonter les souvenirs. Les deux jeunes, oui. Ce soir-là il fait particulièrement attention car la police l'a prévenu : après vingt-deux heures c'est tapage nocturne – les gens restent souvent quelques minutes à discuter ou à fumer sur le trottoir.

Ces deux-là sont particulièrement bruyants. Il est dix heures passées, la nuit est tombée, mais rien à faire, ils ne partent pas, continuent de se disputer. Il sort pour leur demander de parler moins fort, mais la fille est en train d'arracher un petit drapeau à une voiture. Il rentre vite à l'intérieur – dégradation de matériel, il ne veut surtout pas être mêlé à ça. Ils finissent par s'en aller, heureusement.

Le lendemain, il mettra un peu de temps à la reconnaître. Il est tôt pour un samedi. Pas encore dix heures. Il n'a même pas ouvert le magasin. Quand il a commencé, il n'ouvrait pas avant midi le week-end. Mais il a vite remarqué qu'il passait à côté du groupe des lève-tôt qui se réveille aux aurores, même le dimanche, pour lui acheter le journal, des œufs ou du lait. En ouvrant plus tôt il occupe une niche. Il est le seul du quartier à ouvrir à cette heure, ça se sait désormais.

Mais ce jour-là, cette fille arrive avant même l'ouverture. Elle l'aperçoit dans le magasin et tape à la vitre. Il secoue la tête, fait stop de la main pour lui montrer qu'il est fermé. Elle continue de taper sans discontinuer. Pour un homme il n'aurait pas ouvert, mais pour une jolie femme on fait une exception.

Au départ, il pense qu'elle sort de boîte. Il connaît cette clientèle, debout depuis des heures, encore sous l'emprise de drogues, les mouvements agités, frénétiques, cette façon particulière de serrer les mâchoires. On voit qu'ils ont dansé toute la nuit, leurs corps sont à bout mais leurs sens toujours en éveil. Enfin, il n'en voit pas tous les weekends non plus. Leipzig n'est pas Berlin. Et les clubs à la mode ne sont pas dans son périmètre.

Celles et ceux qui ont beaucoup bu et pas dormi, c'est leur haleine qui les trahit. Cette fille n'appartient à aucun de ces deux groupes. Oui, elle sent l'alcool, mais ça se voit que la nuit n'a pas été très bonne, elle semble triste, perdue, pressée aussi, comme si elle venait de se faire briser le cœur. Il cerne les gens rapidement – ça aussi ça fait partie de son métier – et cette jeune femme a l'air d'avoir passé une mauvaise soirée, d'avoir trop bu et pas assez dormi. Elle veut absolument des cigarettes. Elle a tellement l'air mal qu'il lui fait cadeau d'un briquet.

Hannes lui rapporte son téléphone quelques jours après la fête, profitant d'être dans le quartier. Il lui a écrit sur Facebook pour la prévenir qu'il l'avait trouvé dans l'herbe, mais elle n'a pas répondu à ses messages – bien qu'ils soient marqués comme lus. Anna met un moment à lui ouvrir : il sonne une fois, deux fois, se retourne, sur le point d'abandonner, heureusement il entend le buzzer à temps et pousse vite la porte du pied. Anna affiche un air épouvantable : cernes, cheveux gras, elle donne l'impression de n'avoir rien mangé depuis des jours et de sortir à peine du lit. C'est clair qu'elle ne va pas bien. Elle refuse de le laisser entrer, elliptique, à moitié cachée derrière la porte, le regard fixé au sol – pour ne pas montrer qu'elle a pleuré ? Il ne reste pas plus d'une minute. Elle récupère le téléphone, souffle un merci sans répondre à ses questions, puis claque la porte.

Bien sûr qu'il s'inquiète. Il n'a jamais vu Anna dans cet état. Mais il n'a pas l'impression de devoir intervenir ou qu'elle soit en danger. Pour être honnête, il a d'autres choses en tête à ce moment-là et n'y pense pas longtemps, il se dit que c'est encore une de ses phases. Pas une seconde il n'imagine un truc comme ça.

Leur amitié a eu des hauts et des bas, il leur est arrivé de perdre contact. Ils parlaient rarement de leurs sentiments. Anna a toujours connu des phases dépressives, mais il n'a jamais eu l'impression qu'elle avait besoin de lui ou de quelqu'un d'autre pour en sortir. Il ne voit pas pourquoi cette fois ce serait différent.

La première fois qu'il en entend parler ? C'est Jonas qui lui raconte directement.

Après la fête, Verena part deux semaines à Berlin chez ses parents – elle révise mieux là-bas. Elle stresse pour les partiels, d'autant qu'à la rentrée l'attend son premier examen d'état pour devenir prof. Les premiers jours après son retour à l'appartement, Anna ne se montre pas. Verena ne trouve pas ça bizarre – elles ne sont pas meilleures amies non plus. Ça aurait été sympa oui, qu'elles se disent au moins bonjour après être restées si longtemps sans se voir. Mais sa porte reste close. Verena ne voit rien. Elle l'entend juste se glisser aux toilettes lorsqu'elle-même est dans sa chambre, ou se faire du café une fois qu'elle a fini son petit-déjeuner et quitté la cuisine. Elle se dit qu'Anna est stressée ou de mauvaise humeur. Avant son départ, déjà, leurs façons de vivre ne s'accordaient pas. Elles n'ont pas les mêmes horaires et Anna n'est pas – comment dire – très ordonnée. Mais ce n'est peut-être pas le moment de la critiquer.

Non, elle ne prête pas attention à ce que mange Anna. Elles font des courses séparées, parfois l'une emprunte un peu de lait à l'autre pour son café, c'est tout.

Elles finissent par se croiser dans le couloir. Ce jeu de cache-cache ne pouvait pas durer éternellement. Elle lui demande si tout va bien. Anna répond que oui, même s'il est évident que non. Verena n'ose pas insister.

La première fois qu'elle en entend parler ? Elle ne sait plus. Anna ne lui a rien dit. Au bout d'un moment tout le monde était au courant, c'est tout.

Anna a des trous de mémoire, mais n'a pas fait de black out. Ce sont des moments, des situations précises dont elle ne se souvient pas. Comment elle s'est retrouvée à l'aire de jeux ou dans la chambre de Jonas. Elle ne sait pas exactement la quantité de choses qu'elle a oubliée. Si elle avait fait un black out de plusieurs heures elle l'aurait su.

Elle se rappelle être allongée sur le lit de Jonas. Il lui enlève son pantalon. Au début elle ne réalise pas ce qui se passe. Puis elle comprend et se débat, mais il est plus fort qu'elle et enfonce ses poignets dans le matelas. Il la pénètre. Au bout d'un moment elle arrête de lutter, ça ne sert à rien, elle est trop saoule, et il est plus grand et plus fort qu'elle. Ça ne dure pas longtemps c'est l'essentiel.

Jonas dit qu'elle était consentante. Il a utilisé une capote après tout. Non, elle ne s'est pas défendue. C'était moins bien que la première fois, peut-être parce qu'ils étaient encore plus saouls.

— E

Cette porcelaine, blanche avec ses petites fleurs roses , soupire Anna. Ses parents l'ont reçue en cadeau de mariage. Elle la déteste. Toute l'année elle reste enfermée dans l'énorme armoire en bois dans l'angle du salon. On la sort seulement pour les anniversaires ou lors d'une visite de la famille. Le 2 août, ces conditions sont réunies : sa mère fête ses soixante ans.

Cette porcelaine symbolise tout ce qu'il y a de petit-bourgeois chez ses parents, leur vie de famille dans cette cité résidentielle de Grünau, un quartier au sud-ouest de Leipzig, une vie dont elle a toujours voulu s'extraire, même si elle n'est pas allée très loin – elle a juste changé de quartier.

Si seulement leur appartement se trouvait quelques étages plus haut, ils auraient au moins pu bénéficier de la vue, l'un des rares avantages d'une barre d'immeubles. Mais ils sont au troisième, plein nord, des arbres devant les fenêtres.

Anna refuse la chantilly sur sa part de pain d'épices. Il y a la porcelaine, mais aussi les gâteaux… Sa mère ne sait en faire que deux : le pain d'épices et un truc à la noix de coco avec plein de sucre qui n'a même pas de nom. Sa sœur et elle l'appellent « le gâteau de maman ». Petite, Anna aurait voulu que sa mère sache faire les mêmes gâteaux allemands que les autres mères d'élève : ceux au fromage blanc ou avec le crumble sur le dessus.

Elle n'entretient pas de mauvais rapports avec sa mère, mais pas de bons non plus. Elles se supportent. Avec son père c'est autre chose : quand Anna était plus jeune, ils se disputaient tout le temps. Aujourd'hui ils n'échangent que le nécessaire. Autant elle téléphone de temps en temps à sa mère, autant avec son père elle se limite à un bonjour. À la maison ils parlent russe, oui, bien sûr.

Bien qu'elle habite dans la même ville que ses parents, Anna ne les voit pas souvent. Peut-être deux ou trois fois par an, pour Noël ou les anniversaires. Les soixante ans de sa mère, c'était incontournable. La fête a même été décalée exprès pour que son père puisse être là. Il est routier et souvent absent deux semaines à la suite. C'est en petit comité : Anna, Daria – sa sœur –, son père, sa mère, et sa tante Elena – la sœur de sa mère.

L'ambiance est électrique. Olga, sa mère, tient à ce que la journée se passe bien, mais son stress est palpable. Elena et le père d'Anna ne se sont jamais bien entendus. Daria se fait attendre. Typique de la petite princesse.

Daria n'a pas plus envie qu'Anna de se rendre à l'anniversaire de sa mère, mais pour des raisons différentes. Elle s'entend mieux avec ses parents que sa grande sœur, d'ailleurs bien qu'elle habite à Berlin, elle leur rend plus souvent visite. Peut-être parce qu'elle est *la petite*. Même ado elle ne se disputait pas autant avec leurs parents – et bien moins avec leur père. Il avait suffisamment à faire avec l'aînée, et n'avait pas beaucoup de temps pour elle.

Daria n'a pas envie de voir Anna. La dernière fois qu'elles se sont vues c'était il y a deux mois environ, elle était venue lui rendre visite à Leipzig. Elles se sont disputées et ne se sont pas encore réconciliées.

À quel sujet se sont-elles disputées ? Difficile d'obtenir une réponse. C'est privé, dira Daria. Anna, elle, tournera autour du pot, préférant raconter des souvenirs d'enfance.

En plus de la réticence générale à retrouver sa famille, Anna a une autre raison de ne pas vouloir y aller : elle a peur. Peur qu'ils apprennent « le truc ». Peur de leur réaction. Peur qu'ils ne la croient pas. Pendant longtemps Anna dira « le truc » pour parler du viol. C'est comme s'il y avait un grand trou dans sa tête, un grand trou blanc, rempli de rien, et comme si ce rien absorbait les pensées qui voudraient transformer le truc en mots, avant même qu'elles soient pensées. Sûrement un mécanisme de défense. Ou une manière de refouler.

Ce dont elle a le plus peur c'est de la réaction de sa mère. Facile d'imaginer comment son père, lui, réagirait – il ne réagirait pas en l'occurrence. Il hocherait la tête, prendrait acte et ne dirait rien. Il aurait peut-être raison d'ailleurs. Il n'y a peut-être rien à dire de plus. Bien sûr qu'elle aimerait qu'il ait une autre réaction, pas comme pour une information quelconque. Comme la fois où elle lui a annoncé son déménagement, ou quand elle ramenait des mauvaises notes. Qu'il ne hoche pas la tête comme si c'était un détail, une futilité qui ne valait pas la peine qu'on en parle.

Mais elle le sous-estime peut-être. Peut-être montrerait-il des sentiments, serait-il furieux. Peut-être taperait-il du poing sur la table. Peut-être, même, balaierait-il la vaisselle d'un geste du bras, tout viendrait s'écraser par terre – la belle vaisselle du mariage. Il se lèverait peut-être, quitterait la pièce, le temps de se calmer dans le couloir, car ça l'aurait mis hors de lui, puis il reviendrait, s'arrêterait dans l'encadrement de la porte, hurlant : personne ne fait ce genre de choses à ma fille !

Peut-être la prendrait-il dans ses bras. Elle sentirait contre elle la chaleur de son corps, respirerait son odeur. Ce mélange de sueur et de cigarette froide. Et cet autre parfum, plus doux, qui lui rappelle les samedis matin quand elle était petite et qu'elle rampait sous la couverture de ses parents. Cette hypothèse est la moins vraisemblable.

C'est plus facile d'imaginer la réaction de sa mère. Anna la connaît mieux. Elle est plus accessible. Olga se mettrait à pleurer, ce qui mettrait Anna mal à l'aise car si quelqu'un a le droit de pleurer c'est elle, c'est elle qu'on devrait prendre dans les bras. Sa mère inverserait les rôles : elle serait celle qui a besoin d'aide, la victime.

« Victime ». Ce mot aussi mettra longtemps à se former dans la tête d'Anna. Les victimes ce sont les autres, jamais soi-même, pas elle, pas Anna. La grande sœur qui n'a peur de rien, celle à qui on laisse faire ce qu'elle veut, dont on n'a pas besoin de beaucoup s'occuper, qui mène sa barque, comme disent ses parents.

Les larmes couleraient sur les joues de sa mère. Elle refuserait sans doute d'y croire. Elle secouerait la tête : non, il n'arrive pas ce genre de choses à ma fille, j'y fais attention à ma fille. Et quand elle finirait par l'accepter, elle ne verrait pas la souffrance d'Anna, seulement la sienne, elle dirait : j'ai failli, en tant que mère j'ai failli, je n'ai pas su protéger ma fille. Ado, il n'y a pas qu'avec son père qu'Anna se disputait, avec sa mère aussi. Si elle rentrait deux heures après ce qui avait été convenu, elle trouvait Olga assise à la table de la cuisine, les yeux rougis de larmes, persuadée que sa fille avait été enlevée ou violée. Toujours ces deux mêmes peurs. L'une d'elle est désormais réalité.

Anna refuse de se sentir coupable vis-à-vis de sa mère. Elle ne veut pas avoir le sentiment que c'est sa faute à elle si sa mère a failli. Elle doit tout faire pour que sa mère n'apprenne pas le truc mais craint qu'elle remarque néanmoins quelque chose. Olga la connaît bien. Le jour où elle a couché pour la première fois, Olga l'a su tout de suite. Elle n'a pas eu besoin d'entendre des bruits suspects, elle l'a vu *sur elle*.

Récemment, même des gens qu'Anna connaît à peine ont remarqué que ça n'allait pas. Elle a maigri, affiche de gros cernes sous les yeux et n'a rien à raconter puisqu'elle ne fait rien. Sa mère ne passera pas à côté. Il faut faire diversion. Il faut mettre Daria au centre de la conversation.

Comment ça va ? Anna a toujours détesté cette question. Personne ne veut entendre la vérité, voilà un cas où le mensonge est socialement accepté. Les gens paniquent si vous répondez bof ou mal. Mais Anna déteste commencer une conversation par un mensonge. Elle aimerait pouvoir toujours dire la vérité, décrire comment elle se sent, même si c'est contraire aux conventions.

Ce 2 août, Anna raconte beaucoup de mensonges. Le stress la fait parler vite et fort. Comment ça va ? Un peu stressée, répond-elle à chaque fois, beaucoup de travail au bar, peu dormi – peut-être cette excuse rassurera-t-elle ses parents. Ils ont l'air de la croire, ne l'interrogent pas davantage. Elle dévie la conversation vers sa tante, comment vont ses enfants, qu'en est-il de la situation politique en Ukraine. Mais Elena n'a trop rien à dire, elle ne répond que par des phrases courtes.

Faire parler son père ne serait pas d'un plus grand secours. Il ne dit jamais rien. Elle lance sa mère sur son travail mais le tri du courrier est un sujet assez vite épuisé.

Quand la famille arrive en Allemagne en 1991, sa mère, comme beaucoup de femmes d'Europe de l'Est, travaille d'abord comme agente d'entretien dans des bureaux. Son salaire ne suffit que pour un petit deux-pièces à quelques rues de l'appartement actuel. Son père, qui ne trouve pas de travail, passe ses journées au coin de la rue à fumer et boire avec les autres hommes. En Ukraine il avait un poste d'archéologue à l'université de Vinnytsia. Sa mère aussi était une lettrée, elle avait étudié le violoncelle à Kiev avant de travailler pour la municipalité. Mais après la dislocation de l'URSS, son père est obligé de quitter son poste et commence à boire. Le salaire d'Olga ne suffisant pas pour toute la famille, ils partent pour l'Allemagne six mois plus tard. C'est l'été, Anna a quatre ans. Elle adore le centre d'hébergement de Magdebourg où elle passe ses journées à jouer dehors avec les autres enfants. Ce n'est que plus tard qu'elle réalisera combien la vie au centre a dû être difficile pour ses parents : ils étaient deux familles dans quinze mètres carrés.

Après Magdebourg, ils déménagent à Grünau. Anna apprend l'allemand auprès des autres enfants dans la cour de l'immeuble. Sa mère se jette corps et âme dans l'apprentissage de la langue. Anna la revoit assise sur sa chaise en plastique blanc, un œil sur le livre d'allemand posé sur ses genoux, l'autre sur ses filles. Si elle ne s'était pas liée d'amitié avec la voisine, peut-être n'aurait-elle jamais appris correctement – comme son père, dont l'allemand est très mauvais aujourd'hui encore. Anna en a honte.

Olga trouve un travail de femme de ménage. Ça lui fait du bien de sortir, elle crée des liens avec d'autres femmes. Son père reste devant la télévision. Ce n'est que lorsqu'Anna entre à l'école qu'il commence à travailler comme chauffeur poids lourd. Olga trouve finalement un autre poste, dans les services de la mairie comme autrefois en Ukraine, mais cette fois au courrier. La famille change d'appartement. Aujourd'hui, Olga gère une équipe de trois personnes. Et bien qu'Anna et sa sœur soient parties depuis longtemps, le couple habite toujours dans cet appartement sans aucune vue.

Anna reprend un morceau de gâteau histoire de s'occuper. Lorsque Daria arrive enfin, le café est froid. La petite chérie ne peut rien faire comme tout le monde, il faut toujours qu'elle n'en fasse qu'à sa tête.

Daria perçoit tout de suite l'électricité dans l'air. La famille est assise en silence autour de la table, on entend juste les bruits des couverts sur les assiettes. Elle fait comme si de rien n'était et embrasse sa mère. Elle lui tend un bouquet de fleurs, raconte le long trajet en bus – chaud, stressant –, les travaux sur l'autoroute.

La dispute éclate autour de la vaisselle. En offrant du café à Daria, Anna fait tomber une assiette. Un malheureux mouvement du coude. L'assiette se brise, des éclats de porcelaine se répandent sur le parquet flottant. La mère d'Anna dit quelque chose du genre : Oh non, la belle assiette ! à quoi Anna répond, ce n'est pas une grande perte. Olga s'emporte : rien n'est jamais assez bien pour Anna !

Anna n'apprécie pas le ton de sa mère. C'est encore elle qu'on blâme pour la mauvaise ambiance alors que toute la famille est responsable. Elle craque. Ne peut plus faire semblant. Des larmes se mettent à couler le long de ses joues. La peur l'envahit. Sa famille va se rendre compte, ils vont savoir ce qui s'est passé. Elle se reprend : bien sûr que non. Comment pourraient-ils deviner qu'on l'a violée ? Ce n'est pas comme s'il avait laissé un tatouage sur sa peau. Pour autant, il faut les empêcher de poser des questions, de découvrir la vérité. Les murs se resserrent autour d'elle, elle a du mal à respirer. De l'air. D'un bond, elle court hors du salon. Dans le couloir, elle hésite. Elle a besoin d'être seule, mais n'a pas envie de s'enfermer dans la salle de bains comme elle l'a fait si souvent adolescente. Elle sort en claquant la porte.

Daria s'attendait à des tensions, à ce qu'ils se disputent peut-être, mais pas à une sortie aussi théâtrale.

Anna partie, la famille continue de manger en silence. Daria croise le regard suppliant de sa mère : Va voir. Elle n'en a pas très envie. Anna se débrouille toujours pour que tout tourne autour d'elle. C'est leur mère qui devrait être au centre aujourd'hui. Daria l'ignore jusqu'à ce qu'Olga insiste, cette fois à voix haute : S'il te plaît, va voir. Elle n'a plus le choix et sort de table.

Le soleil tape encore en cette fin d'après-midi. Pas d'ombre sur le trottoir. Daria allume une cigarette, se demande où Anna a bien pu aller. Elles ne sont plus ces petites filles inséparables qui jouaient à se cacher des parents. Ça fait longtemps qu'elles n'habitent plus ces barres d'immeubles, longtemps qu'elles n'y ont plus de cachettes secrètes.

Elle ne voit qu'un endroit où sa sœur pourrait être : le parking de la Brackestraße, là où la rue débouche au milieu de nulle part. C'est là que traînaient les ados à son époque, qu'on fumait, qu'on tombait amoureux, amoureuse pour la première fois. Un banc a été installé. Anna y est assise, sur le dossier. En pleurs. Daria lui tend une cigarette.

Anna ne pensait pas qu'on la suivrait. Elle comptait rester là le temps de se calmer, puis retourner à l'appartement. Tout le monde aurait fait comme si de rien n'était. Sa famille a toujours fonctionné comme ça en cas de conflits : faire comme si de rien n'était.

Leur dispute remonte à plusieurs mois et Daria est surprise de s'entendre dire ces mots – elle aimerait dire à sa sœur que, franchement, elle exagère, mais à la place elle dit : je suis désolée.

Anna est confuse. Elle ne sait pas à quoi Daria fait référence.

Ce n'était pas rien, deux mois sans se parler. Oui, ça a avait été une plus grosse dispute que d'habitude, mais en cet instant Daria ne voit plus le problème. C'est bien d'avoir des avis différents, dit-elle à Anna.

Ça y est, Anna comprend de quoi parle sa sœur. Oui, ça a sans doute été leur pire dispute. Elles se sont crié dessus longtemps. Les portes ont claqué. En plus d'être sa sœur, Daria est sa meilleure amie. Personne, sans doute, ne la connaît aussi bien – et inversement. Jamais elle ne sont restées aussi longtemps sans se parler. Anna n'a pas eu envie de capituler et de faire le premier pas, et puis chacune a été occupée ailleurs, elles ne se sont pas revues tout de suite.

Elles se sont disputées au sujet de leur mère. Anna veut la convaincre de divorcer. Leur alcoolique de père l'empêche d'être libre. Olga a passé sa vie à s'occuper de ses enfants ou de son mari, elle n'a jamais rien fait pour elle. Et puis son père est un connard. Enfant, quand elle revenait avec de mauvaises notes, il pouvait passer une semaine sans lui adresser la parole. Plus tard c'était les interdictions de sortie s'il la surprenait à fumer.

Daria n'est pas d'accord. Elle non plus n'entretient pas de bons rapports avec son père, mais c'est moins pire. Ils s'entendent à peu près, ils se respectent disons. Elle n'a pas envie que sa mère le quitte. Que ferait son père s'ils se séparaient ? Il n'a pas d'amis proches et à ce qu'elle sache, pas même un copain du boulot ou autre. Il tend vers l'alcoolisme, certes, mais un divorce n'arrangerait rien. Et puis leur parents s'aiment, pourquoi est-ce qu'ils divorceraient ?

Anna est furieuse d'entendre Daria défendre son père. On voit tout de suite de quel côté elle est ! Pourtant leur mère a besoin du soutien de ses filles. C'est important de prendre position. Daria qui joue la médiatrice, ça la rend folle.

Deux mois plus tard, rien n'a changé entre leurs parents. Mais Anna a arrêté d'essayer de convaincre sa mère.

Anna n'est pas en état de parler de leur dispute. Elle secoue la tête, ses pleurs redoublent. Un mois durant, elle n'a pas versé une seule larme, enfouissant sa souffrance au plus profond, maintenant tous les barrages cèdent.

Daria jette sa cigarette et prend Anna dans ses bras. Ça va aller, ça va aller, murmure-t-elle. Anna continue de secouer la tête. Elle n'arrive pas à parler. Elle aimerait dire à Daria pourquoi elle pleure, que ça n'a rien à voir avec leur dispute. Elle aimerait lui dire ce qui s'est passé la nuit du 4 juillet. Mais elle n'y arrive pas. Secouée de sanglots, elle peine à reprendre sa respiration.

Daria ne parvient pas à la calmer. Elle ne comprend pas ce qui se passe. La réaction d'Anna l'inquiète, elle n'a pas réalisé que ces deux mois de silence lui avaient fait tant de mal. Ou c'est autre chose ? A t-elle dit ou fait quelque chose qui pourrait expliquer cette réaction ? Elle serre Anna plus fort contre elle, lui dit de se concentrer sur sa respiration. Ça fonctionne. Anna fixe son regard sur sa sœur, sur ses yeux, elle lui prend les mains, se cale sur son rythme. Inspire, expire, inspire, expire. Finit par se calmer.

Après s'être mouchée, elle lui dit que ce n'est pas leur dispute. C'est du passé, elle n'est pas rancunière. Daria est soulagée. Alors c'est quoi ? demande-t-elle, prête à l'aider.

Anna est bien forcée de raconter. Elle n'en a encore parlé à personne. Peut-être que ça lui fera du bien. Mais elle n'y arrive pas. Elle n'arrive pas à former le mot dans sa bouche. Si elle le prononce alors tout sera vrai. Et il faudra l'affronter. Jusqu'ici elle est parvenue à refouler. Si elle raconte, ça aura une vie propre, ça sera là-dehors, d'autres personnes l'apprendront.

Daria ne comprend pas ce qu'elle entend. Elle n'arrive pas à connecter les dires d'Anna à la réalité. Comme si elle était devant les infos et qu'elle entendait quelque chose de grave, mais qui ne la concernait pas. Comme si on lui parlait de l'invasion de Kaboul ou d'un tsunami sur la côte indienne. Elle se dit que c'est terrible, mais ne ressent aucune empathie véritable. C'est trop loin, ça ne la concerne pas.

Pourtant on leur en a toujours parlé. On les a toujours mises en garde. Déjà petites : ne suivez jamais de monsieur, ne mangez pas de bonbons offerts par un inconnu. Ado, leur mère leur avait acheté un spray au poivre et elles avaient interdiction de rentrer seules le soir. Même quand elles allaient chez une copine deux rues plus loin, il fallait qu'elles appellent pour dire qu'elles étaient bien arrivées. Aujourd'hui encore, Olga s'inquiète que Daria, qui habite à Berlin, rentre seule la nuit. Jamais, pourtant, on ne nommait la menace. Le mot était aussi criant que tabou : « viol ». Ce que les femmes doivent craindre toute leur vie durant. Pourquoi elles ne doivent pas porter de minijupes ou rentrer seules le soir. Comme si, dans chaque entrée d'immeuble, se cachait un homme cagoulé prêt à leur sauter dessus pour les violer.

En tant que femme, ça peut apparemment vous arriver à tout moment – et il semble que ce soit la pire chose possible –, sauf qu'en réalité, il ne vous arrive jamais rien. C'est comme la possibilité d'une guerre dans votre pays ou la crainte de mourir d'un accident quelconque. Le viol, ça arrive, mais aux autres.

Daria secoue la tête. Non, elle ne peut pas croire ce qu'elle entend. Qui ça ? Où ça ? Quand ça ? Anna raconte : Il y a un mois, un mec qu'elle connaissait, Jonas il s'appelle. Un Allemand donc, répond Daria.

Anna dit qu'elle ne se souvient pas de tout, elle était saoule. Qu'elle ne sait plus comment elle est arrivée dans la chambre. Qu'elle a repris connaissance quand il était en train de lui enlever son pantalon. Adrénaline. Qu'elle a dit non plusieurs fois. Qu'elle ne voulait pas. Qu'il était plus grand et plus fort qu'elle. Qu'il n'en a rien eu à faire qu'elle dise non. Peut-être qu'il n'a pas compris ? Peut-être qu'elle n'a pas bien articulé ?

Qu'il a pressé ses bras contre le matelas et essayé de l'embrasser. Qu'elle a tourné la tête. Pause, le temps qu'il trouve une capote. Elle n'a pas réalisé ce qui était en train de se passer. Elle aurait pu partir. Ou l'aurait-il bloquée devant la porte ? Elle avait peur. Ses gestes étaient brusques, agressifs. Il a déroulé la capote, de nouveau essayé de l'embrasser. Il la tenait fermement. Elle s'est débattue. Elle a eu mal quand il l'a pénétrée. Elle était crispée. Des larmes coulaient sur son visage. Et puis elle a réalisé qu'il était plus fort qu'elle. Qu'elle ne pouvait rien faire. Elle a arrêté de lutter. Essayé de se détendre. Ça a fait moins mal.

Elle s'est mise à compter. Depuis elle sait que 1 380 secondes représentent vingt-trois minutes.

Daria réalise lentement que ce que raconte Anna est vrai. Ce n'est ni une allégation ni un mensonge. Elle ne l'a jamais vue dans cet état. Sa grande sœur, son modèle, celle qui s'est toujours occupée d'elle, qui était là pour lui donner des conseils sur le sexe quand elle en a eu besoin.

Elles restent quelques instants sur le banc. Fument en silence. Daria raconte que le week-end dernier elle a pris de la drogue pour la première fois. Elle essaie de la faire penser à autre chose, ne supporte pas le silence.

Elles finissent par rentrer à l'appartement. Le reste de la famille ne dit rien, ne pose aucune question, fait comme si elles étaient parties cinq minutes et pas une heure. Daria parle beaucoup, fait en sorte de garder l'attention sur elle.

— F

Anna ne réalise pas. Elle n'arrive pas à réaliser ce qui est arrivé. Ce qui *lui* est arrivé. Les mots se forment lentement dans sa tête, mais elle n'ose pas les prononcer.

C'est légitime, oui, de se demander pourquoi elle est restée, pourquoi elle a passé la nuit chez Jonas. Elle-même ne comprend pas. C'est sans doute dû au fait qu'elle s'est mise à délirer tout de suite après. L'alcool. L'état de choc.

Une fois que Jonas a terminé, Anna n'arrive plus à bouger. Déjà pendant elle n'arrivait plus à bouger. Ses pensées fusent bien qu'elle soit dans les vapes. Elle a les idées claires tout en étant très saoule. Aurait-elle pu partir ? Simplement se lever et sortir de la chambre ? Non. Anna garde un moment le silence, comme si elle retenait son souffle, puis elle reprend, plus bas : à ce moment-là impossible de poser un pied devant l'autre. Elle est trop fatiguée, trop faible. Alors elle reste là. Tourne le dos à Jonas, se met en position fœtale et s'endort, nerveuse. Le soleil est en train de se lever et ses rayons la frappent au visage sans merci. Jonas n'a pas de rideaux. Elle ne dort pas longtemps, et pas profondément. À son réveil, elle ne sait pas quelle heure il est. Elle n'a pas de montre et ne trouve pas son portable. Jonas dort encore, allongé sur le côté, tourné dans l'autre direction. Anna ne se sent pas bien. Elle a peur, peur de croiser quelqu'un dans le couloir à qui devoir parler. Un simple bonjour serait déjà trop. C'est un sentiment étrange : elle sent que ça ne va pas, mais ne sait pas dire pourquoi, elle sait juste qu'il faut qu'elle parte, tout de suite. Rentrer, tout de suite, fumer tout de suite une cigarette. Son corps est en pilote automatique.

Elle ne croise presque personne dans la rue, juste une vieille femme qui fouille dans les poubelles. L'épicerie est fermée mais le propriétaire est gentil et lui ouvre la porte. Elle achète des cigarettes puis marche jusque chez elle. Tout droit. Un pas après l'autre. Il fait si clair, ses yeux ne parviennent pas à s'habituer à la lumière.

Oui, elle a déjà entendu ce truc de la douche. Elle a toujours pensé que c'était un cliché, mais il y a du vrai, en tout cas pour elle. Elle ne se sent pas particulièrement sale, pas consciemment du moins. C'est juste que se doucher est la seule chose dont elle est capable une fois rentrée : elle ne peut ni dormir, ni rester réveillée – la douche est un entre-deux supportable.

Si elle se souvient des premiers jours ? Très peu. Elle voulait oublier. Elle n'arrivait pas à dormir, pas à manger, pas à parler. Elle avait peur une fois la nuit tombée. Trois mois durant elle ne s'endormira qu'au lever du jour. Elle ne vit plus en fonction du jour et de la nuit. La journée elle dort ou reste au lit. Elle ne parle à personne. Au début Verena n'est pas là et une fois de retour, Anna fait tout pour l'éviter.

Un jour, Anna parvient à se rendre au Lindental. Elle y enchaîne les soirées, travaille autant que possible, tout ou rien. Elle ne se sent pas bien seule, pas mieux entourée de ses proches. Parfois elle ne supporte plus les gens. Elle connaît tous les coins du bar où être tranquille. Le mieux c'est à la cave, près des fûts. Là elle se mord le doigt ou l'avant-bras jusqu'à ce que la douleur s'efface. Sur le chemin du retour, dans la forêt, elle cherche un endroit désert où crier.

Peut-être que le jour où elle réalise vraiment, c'est celui où elle cherche le mot sur Google. Elle n'ouvre aucune des pages. Tape : J'ai été violée. Google lui suggère :

J'ai été violée
J'ai été violée et suis enceinte
J'ai été violée que dois-je faire
J'ai été violée et ça m'a plu

Elle referme rapidement l'ordinateur.

Pour elle, réaliser signifie distinguer ce qui est réel de ce qui ne l'est pas. Rationnellement elle sait ce qui s'est passé. Mais s'agit-il réellement d'un viol ? Elle s'est toujours imaginé ça différemment : un homme qui vous suit la nuit quand vous rentrez chez vous ou bien un oncle qui agresse sa petite nièce. Ou un voisin. Mais pas un doctorant que l'on connaît, en qui l'on a confiance. Un pote. Un amant.

Elle finit par ouvrir certaines des pages qui lui sont proposées. Elle lit des témoignages sur des forums, des filles de quatorze ans agressées par des camarades de classe qui se demandent : est-ce un viol ? Chaque fois Anna pense : oui ! Sa propre histoire ressemble beaucoup à celle de ces filles. Ça veut donc dire qu'elle a été violée ? Ce serait la conclusion logique. Réel, donc.

Elle ne se sent pas victime. Elle n'aime pas ce mot. C'est trop passif. On est victime de discrimination, de l'Holocauste. Ça n'a rien à voir avec sa vie à elle. Le mot : « survivante », apparaît sur certains forums. Ça lui plaît encore moins. On survit à une guerre ou à un accident de voiture.

Le mot « victime » lui reste en tête malgré tout. Elle le mâche, le remâche : « victime », en latin *victima*, c'est l'animal offert en sacrifice. Elle n'a rien sacrifié à Jonas. Il a pris ce qu'il voulait prendre, se fichant de ce qu'elle voulait elle, ou plutôt de ce qu'elle ne voulait pas. C'est peut-être le pire, pense Anna, qu'il n'en ait rien eu à faire qu'elle dise non. Qu'il soit passé outre. Outre son corps, outre son droit de disposer d'elle-même. Le temps lui permettra de mieux comprendre les mécanismes psychologiques liés au viol et ce qui le rend si grave : pas nécessairement la violence elle-même. Mais celle de voir une autre personne se servir de votre corps. Peut-être qu'elle est une victime finalement, oui.

Qui dit victime dit agresseur. Jonas est-il un agresseur ? Ou ne s'agit-il que d'un malentendu ? Peut-être qu'elle a mal compris. Peut-elle faire confiance à ses souvenirs ? Quid de ses trous de mémoire, que s'est-il passé qu'elle a oublié ?

Elle sait que ce n'est pas de sa faute. Qu'elle ne doit pas se sentir coupable, ce n'est pas ce qu'on attend d'une victime. Mais sa réalité est autre : elle se sent coupable. Elle se demande ce qu'elle aurait pu faire différemment. Si elle aurait dû faire plus attention. Moins boire. Est-ce qu'elle aurait pu partir ? Elle ne peut pas changer ce qu'elle ressent. Au moins elle ressent quelque chose, pas comme les premiers jours.

Ceux passés dans sa chambre, Peaches à fond : Fuck the pain away. Fuck the pain away. Un voisin se plaint du volume. Fuck the pain away.

Au début, il s'agit surtout de survivre à la journée. Encore ce mot : « survivre ». Anna ne garde que des souvenirs imprécis des premières semaines de juillet. La Coupe du monde l'aide néanmoins à s'orienter dans le temps : la demi-finale Allemagne-Brésil a lieu le 8 juillet. Quatre jours après donc. Oui, c'est peut-être le jour où elle est sortie pour la première fois, où elle a dû retourner travailler. Elle pensait que c'était plus long. Elle nageait dans une sorte de brouillard à l'époque.

Ce jour-là, il pleut. La retransmission n'a pas lieu dans la cour du Lindental mais au sous-sol. Les gens se serrent, il n'y a pas assez de chaises. L'ambiance générale est similaire à ce qu'elle ressent elle-même et en même temps totalement différente. Les buts qui s'enchaînent, les fans en délire qui ne parviennent à y croire : le Brésil, l'adversaire ultime, l'équipe contre laquelle l'Allemagne a perdu en finale en 2002, s'apprête à signer sa défaite. Les buts qui pleuvent, le caractère de plus en plus irréel de ce qui est en train de se passer, on ne peut pas y croire mais si. Anna tire les bières les unes après les autres, la mousse déborde, elle ne regarde pas l'écran, entend seulement les cris : buuuuuuut ! Mais ils se font plus faibles, l'incroyable devient normal, routine collective, le jeu est plié depuis longtemps, les buts continuent de pleuvoir. 7-1 pour l'Allemagne qui va en finale. Les fans sont extatiques. Ce sentiment d'irréel disparaît. Remplacé dans leur cas par de la joie et l'esprit de communauté. Anna, elle, ne ressent rien, elle voit les gens sans les voir, elle fait son job. Elle n'entend pas les chants des supporters, les cortèges de voiture. Elle finit à six heures du matin, s'écroule dans son lit et s'endort immédiatement, épuisée – première fois depuis des jours.

La police. Jusqu'ici, Anna ne l'a côtoyée que lors de manifestations – souvent les agents marchent à côté. Elle n'est pas du genre à être en tête de cortège, souvent elle se laisse entraîner. Des manifs étudiantes ou contre le racisme, en faveur des réfugié*e*s. Elle n'a jamais parlé avec une policière ou un policier.

Le restau U Peterssteinweg se trouve dans le même bâtiment que le commissariat de la Dimitroffstraße. Il arrive qu'étudiantes et étudiants déjeunent à la même table que la police, mais c'est rare, les cours ne terminant pas avant treize heures généralement.

C'est Daria qui lui suggère d'aller porter plainte. Elle pensait rentrer directement à Berlin, mais vu l'état de sa sœur, elle est restée à Leipzig. Elle s'est installée dans sa chambre, des heures durant elle serre Anna dans ses bras.

Daria fait la cuisine, les courses. Elles se promènent, marchent côte à côte en silence, dans la forêt alluviale.

Parfois elles vont jusqu'au Cossi, le lac artificiel au sud de Connewitz, observent les gens dans l'eau ou en train de jouer au volley sur la plage. Elles ne se baignent pas. Restent souvent jusqu'au coucher du soleil, ne rentrent qu'une fois la majorité des gens partie, quand les moustiques commencent à sortir.

Daria a toujours eu un grand sens de la justice. À l'école, déjà, elle ne supportait pas quand un ou une autre élève se faisait gronder, punir à tort, ou recevait une note non méritée – elle finissait souvent au coin. Elle était toujours la première, et souvent la seule, à tenir tête aux profs. Cette situation, c'est invraisemblable, dit Daria. Sa propre sœur, violée. Elle ne peut rester sans rien faire, la regarder dépérir. Elle tente alors de la convaincre de porter plainte contre Jonas.

Anna refuse. Pour plein de raisons. Par où commencer. D'abord elle a peur. Peur d'affronter ce qui s'est passé. C'est déjà suffisamment dur d'en parler avec Daria, et encore, elle ne lui a donné que les grandes lignes. Alors tout raconter à la police ? La nuit entière, en détail ? Trouver les mots pour le faire ? Elle n'en est pas capable. Et puis ils lui diront que c'est de sa faute. Qu'elle n'aurait pas dû boire autant. Est-ce qu'elle a des preuves au moins ? Seulement ses dires. Pas de témoins – en tout cas elle ne croit pas. Elle n'a pas crié. Et puis est-ce que Jonas avouera ? Probablement pas.

Sans compter qu'elle a des trous de mémoire. Elle ne sait plus comment elle s'est retrouvée dans le lit de Jonas. Elle se souvient du feu de camp et de son lit l'instant d'après. Que s'est-il passé entre les deux ? Qu'est-ce qu'elle va bien pouvoir raconter à la police ? Ils ne la croiront pas, ils penseront qu'elle est folle.

Daria rétorque qu'elle n'en sait rien, c'est possible qu'il y ait des témoins, il y avait du monde à cette fête, on a dû les voir, peut-être que le colocataire a entendu quelque chose. Daria ne connaît pas vraiment les méthodes policières, mais ils sauront sûrement comment s'y prendre, il doit y avoir des procédures spécifiques aux cas de viol, des façons de confronter le coupable. Anna se verra sûrement offrir une aide psychologique pour qu'elle puisse trouver les mots, expliquer ce qui s'est passé.

Daria tente de ravaler sa colère. Elle ne veut pas s'en prendre à sa sœur, même si elle ne comprend pas pourquoi elle refuse de porter plainte. Ce type doit être puni pour ce qu'il a fait, et c'est la seule possibilité ! Vraiment, il va s'en sortir comme ça ? Non, dit Daria, les gens doivent savoir quel genre de connard il est.

Anna ne souhaite pas que quelqu'un l'apprenne. Si elle porte plainte, ça finira par se savoir. Comment vont réagir ses ami*es* ? Est-ce qu'on sera de son côté ? Est-ce qu'on va la croire ? Et ses parents ! Eux aussi vont être au courant ! Alors que si elle ne dit rien, Daria restera peut-être la seule à savoir. C'est peut-être mieux comme ça.

A-t-elle peur de Jonas ? Peur de sa réaction si elle porte plainte ? Anna ne répond pas à cette question. C'est la première fois. Elle ne veut pas porter plainte contre Jonas, c'est tout. Pas au début en tout cas.

Elle ne pensait pas que la première fois qu'ils se reverraient, ce serait aussi banal.

Daria rentre à Berlin, Anna va un peu mieux. Elle arrive de nouveau à manger et décide d'aller faire des courses au supermarché de Connewitzer Kreuz. Ça fait des semaines qu'elle n'y est pas allée. Tout le quartier s'y retrouve : le punk alcoolisé, la prof de collège, les enfants d'universitaires, les autonomes de gauche qui s'attaquent régulièrement aux vitrines des magasins ou des banques... Jusqu'ici Anna a fait en sorte d'éviter l'endroit. Elle ne veut tomber sur personne qu'elle connaît. Celles et ceux qu'elle croise par hasard dans la rue, elle les salue rapidement, disant qu'elle est pressée.

Dès l'entrée, c'est le parcours du combattant : passées les portes automatiques, une sorte de passerelle conduit aux légumes. Les gens qui attendent aux caisses ont tout le loisir de regarder qui entre. D'habitude Anna jette un œil rapide, salue les visages connus d'un signe de la main ou du menton, mais là elle baisse la tête. Surtout ne pas regarder. Elle sent qu'on la détaille, qu'on se dit je la connais cette fille, qu'on juge ses vêtements, son pantalon, ses chaussures, son sac à dos.

Elle traverse rapidement le rayon légumes, tourne à gauche, longe les produits frais, encore à gauche, direction les surgelés. En passant devant les sucreries elle attrape une tablette de chocolat noir en promotion. Elle recommence à manger, certes, mais n'a jamais aimé cuisiner, et là encore moins. Des plats préparés donc. Elle scanne les rayons : épinards, *leipziger allerlei*, et tout en bas : lasagnes. Anna ouvre la porte, se penche, quelqu'un lui tape sur l'épaule : ça va ? Elle se retourne. Jonas. Super, répond-elle sans réfléchir. Tu n'as pas répondu à mon message, dit Jonas.

Oui, dit Anna. Elle déglutit. Il faut qu'elle sorte. Elle n'est capable de discuter avec personne, et surtout pas avec Jonas. Elle fourre les lasagnes dans son sac, longe la queue à la caisse 4, sort sans payer. Personne ne la remarque, ni la caissière, ni le type de la sécurité occupé à ranger mollement un panier abandonné. Dehors on étouffe, la canicule est encore là.

C'est ce jour-là que la colère l'envahit pour la première fois. Elle ne partira plus jamais. Pulsant en elle, parfois si fort qu'Anna perd le contrôle, parfois plus doucement, mais elle est là, toujours. Pas uniquement contre Jonas. De façon générale. Une rage.

Tous les arguments qu'elle a donnés à Daria, les *pour* et les *contre* d'une plainte, les raisons pour lesquelles elle ne voulait pas le faire : disparus. La colère a pris le dessus. Anna enfourche son vélo, descend la Karli, toujours tout droit, passe à des feux plus rouges qu'orange, double les autres cyclistes, s'arrête à l'angle de la Dimitroffstraße, oublie d'attacher son vélo, entre dans le commissariat.

— G

D'abord elle ne voit rien. Ses yeux mettent du temps à s'habituer à l'obscurité. La porte d'entrée est ridiculement grande, en bois massif, comme dans *Alice au pays des merveilles*. La poignée est au-dessus de sa tête.

L'imposant hall circulaire la conduit dans une salle d'attente des plus classiques : des chaises disposées çà et là, des gens qui patientent. Un policier est assis derrière une vitre, Anna se met dans la queue, deux personnes attendent devant elle.

L'endroit a quelque chose d'irréel, elle a l'impression d'être dans une parodie des *Experts* ou une série du genre. Les gens, avec leur tête de parfait criminel, pourraient tous être des acteurs de seconde zone : assis sur une chaise, jambes bien écartées, un homme à la mine sombre la détaille d'un regard pervers, un autre, avec son air méchant et sa longue barbe, est aussi maigre qu'un junkie. Il y a également un jeune homme en chaise roulante accompagné d'un homme plus âgé, du genre truand, sweat à capuche, probablement son père. À l'appel de son nom, le garçon tressaille, on lit la peur sur son visage, son père l'encourage d'une tape dans le dos avant de le pousser jusqu'à la porte. Les roues du fauteuil clignotent de plusieurs couleurs comme les baskets des années 1990.

Une fois devant l'officier, Anna ne sait plus quoi dire. Elle n'a rien préparé. Le policier lui jette un regard agacé. Elle dit qu'elle veut porter plainte. Derrière la vitre, l'officier perd patience, il ne l'entend pas, la demoiselle doit parler dans le micro. Je veux porter plainte. Sa voix tremble. Bien, répond le policier. Il va avoir besoin de sa carte d'identité. Anna sent la chaleur empourprer son visage. Elle ne sait pas si elle l'a prise. Elle fouille dans son sac, son portefeuille, ouf, elle n'est pas venue pour rien. Le policier recopie les données dans un ordinateur du siècle dernier. Elle peut retourner s'assoir, quelqu'un va venir la chercher.

Les murs de la salle d'attente sont recouverts d'appels à témoin et autres avis de recherche réalisés maladroitement sur PowerPoint, encadré rouge, écriture noire sur bande de couleur jaune :

> La police fait appel à vous – 1 000 € de récompense – Perte d'un pistolet mitrailleur.

> Tentative de meurtre dans le cadre de braquages à Stuhr (juin 2014) et Wolfsburg (décembre 2013). N'intervenez pas, ces personnes peuvent être armées ! Vous détenez des informations ? Récompense allant jusqu'à 20 000 € !

> Découverte d'un corps. Connaissez-vous cette personne ?

Anna a l'impression d'être *dans un mauvais film*.

Au bout de quelques minutes, un homme l'appelle puis la conduit dans un dédale de couloirs sombres. Le commissariat n'a plus rien à voir avec *Les Experts* mais se rapproche d'un film de Jacques Tati : des couloirs sans fin, des escaliers qui n'en finissent pas. Ne résonne que le claquement des chaussures sur le carrelage. Le policier la fait entrer dans un bureau classique, pas une salle d'interrogatoire avec vitre sans tain. Il repousse une assiette où gît une moitié de sandwich et commence à taper sur son clavier.

Qu'est-ce qui vous amène ? Elle se dit qu'il est trop tard, maintenant que ça a commencé, pour demander à parler à une femme – elle a lu sur un forum qu'on pouvait faire ça. Anna dit qu'elle veut porter plainte. Oui jusque-là ça va, répond le policier sèchement. Il doit d'abord entrer ses données personnelles. Il a le visage bouffi et l'air fatigué, une soixantaine d'années, est probablement proche de la retraite. Il tape avec deux doigts et ne semble pas à l'aise avec le logiciel qu'il insulte à voix basse. Lorsqu'il lui relit les informations, Anna note une erreur dans son adresse. Allez, du début. Elle a l'impression d'être là pour signaler un déménagement ou renouveler son passeport. C'est bon. Alors : quoi, où et quand ?

Anna regrette d'être venue. Elle a agi sur le moment, sans réfléchir, n'a pas préparé ce qu'elle allait dire. Lorsqu'elle en a parlé à Daria, jamais elle n'a utilisé le mot « viol ». Alors comment pourrait-elle le dire à ce policier agacé et peu sympathique ? Deux mots lui viennent soudain : « abus sexuel ». C'est plus léger, avec abus, on pense alcool, chocolat, pas violence. Le policier soupire, regarde sa montre, bientôt six heures. Il doit sûrement être en train de se dire que ça va durer, qu'il ne pourra pas attendre tranquillement la fin de sa journée.

Date des faits ? 4 juillet. L'heure ? Anna serre ses lèvres l'une contre l'autre, les coins de sa bouche s'abaissent. Entre cinq et sept heures du matin peut-être. Il dit que ça va être difficile d'avoir des preuves. Il a un fort accent et ce n'est que lorsqu'il répète le terme qu'Anna le comprend : auditionner. Il va falloir auditionner les témoins. Le policier se lève, quitte le bureau. Anna est perdue : est-ce qu'elle peut partir ? les témoins vont être auditionnés tout de suite ? que va-t-il leur demander ? pourquoi est-elle venue ? pourquoi avoir agi sur un coup de tête ? Elle a la nausée.

Le policier revient avec un enregistreur. Anna apprendra par la suite qu'il y a trois manières de procéder à une audition : écrite, audio ou vidéo. Il a l'air plus calme, plus concentré. Tandis qu'il lui lit ses droits, elle essaie de remettre de l'ordre dans ses idées : de quoi se souvient-elle au final ? *Quoi* raconter et *comment* ?

Il commence par les questions ouvertes, semblant suivre une procédure classique. Anna respire. Elle pourra se laisser guider.

Commencez par vous présenter rapidement.

Maintenant que l'appareil enregistre, le policier parle plus lentement. Son accent ressort moins, Anna le comprend mieux.

La personne visée par la plainte ?

Prononcer son nom. L'accuser. Jonas. Jonas Schimmel. C'est l'un des premiers mots allemands qu'elle a appris, *Schimmel*, moisissure.

Que pouvez-vous me dire de cette personne ?

Bonne question. Anna donne son âge, sa profession, son adresse. Mais qu'est-ce qu'elle peut dire d'autre à son sujet ? Qu'il est arrogant ? Que c'est un putain de connard ? Qu'est-ce que le policier veut savoir ?

Puis vient la partie difficile de l'audition. Anna apprendra plus tard que c'est dans leur formation d'apprendre à poser des questions neutres. Une audition commence toujours par le récit spontané.

Racontez ce qui s'est passé avant les faits.

Facile, mais par où commencer ? L'anniversaire d'Hannes ? Ou faut-il dire qu'ils se connaissaient déjà avant ? Faut-il raconter tout ce qui s'est passé depuis qu'ils se sont rencontrés ? La soirée sur le pont, les matchs de foot ? Ce serait trop long. Anna décide de ne raconter que le soir du 4 juillet. Elle commence par l'histoire avec le vidéoprojecteur, ça, elle s'en souvient bien.

Que s'est-il passé, à quelle heure, où, comment, avec qui et moyennant quoi ?

Anna parle doucement. Parfois, quand elle est nerveuse, son accent russe ressort. Normalement elle essaie de le cacher, elle s'est adaptée au fil des années, mais voilà qu'elle se remet à rouler les R et accentuer certaines syllabes.

Le policier l'interrompt : je n'y étais pas, il faut que je puisse m'imaginer.

Anna n'aime pas parler devant des groupes ou des anonymes. À l'école, comme à la fac, il y avait toujours des rires pendant ses exposés. Était-ce à cause de son accent ? Parce qu'elle parlait trop doucement ou trop fort ? Des plaques rouges naissaient sur sa poitrine et remontaient jusque dans son cou tandis que son visage, lui, restait pâle. Les mêmes plaques rouges qu'elle sent maintenant apparaître face au policier.

Étiez-vous en capacité de pouvoir vous défendre ?

Anna hésite. La question semble importante. Il se peut que beaucoup de choses découlent ensuite de sa réponse. Elle ouvre la bouche mais un autre policier fait irruption dans la pièce. Il a oublié sa tasse de café. C'est à partir de ce moment, peut-être, que les souvenirs de l'audition se troublent – comme si elle avait quitté son corps. Elle ne sait plus ce qu'elle a répondu, ne se souvient que des questions, les nombreuses questions qui ont suivi le récit spontané.

Quel âge avez-vous ? Combien pesez-vous ? Qu'avez-vous mangé le 4 juillet ? Qu'avez-vous bu ? Combien avez-vous bu ? Quand avez-vous bu ? Dans quoi avez-vous bu ? Qui vous a servi à boire ? Pourquoi avoir bu autant ? Quelle quantité buvez-vous habituellement ? Comment vous êtes-vous rendue à la fête ? Votre heure d'arrivée ? Qu'est-ce que vous portiez ? Pourquoi êtes-vous allée à cette fête ? Qu'est-ce que vous avez fait quand vous êtes arrivée ? Vous êtes sûre que c'est ce que vous avez fait ? Quelle heure était-il à ce moment-là ? Est-ce que quelqu'un vous a vue faire ? Avec qui avez-vous parlé ? De quoi avez-vous parlé ? Quand avez-vous uriné ? Où avez-vous uriné ? Quand avez-vous remarqué que vous aviez perdu votre téléphone ? Pourquoi ne pas l'avoir cherché plus tôt ? Jouez-vous souvent à des jeux d'alcool ? Quand vous êtes-vous rendue pour la première fois dans l'appartement de l'auteur présumé des faits ? Comment vous êtes-vous rencontrés ? Pourquoi vous êtes-vous rendue à l'aire de jeux ? Qui vous a vus monter ensemble ? Que voulez-vous dire quand vous dites que vous vous sentez coupable ? Avez-vous retrouvé votre foulard ? Étiez-vous amoureuse de lui ? Avec combien d'hommes avez-vous déjà eu des rapports sexuels ? Avez-vous souvent des rapports sexuels avec des inconnus ? À quoi ressemblait sa chambre ? Quelle était la couleur des draps ? Dans quelle position étiez-vous ? Dans quelle position était-il, lui ? Vous êtes-vous défendue ? Avez-vous dit non ? A-t-il fait usage de violence ? Pourquoi n'avez-vous pas crié ? Avec quelle main vous a-t-il maintenue ? Pouvez-vous me montrer ? Comment avez-vous réagi ? Qu'a-t-il fait ensuite ? À quelle heure vous êtes-vous réveillée le lendemain ? Pourquoi êtes-vous restée dormir ? Que portiez-vous à votre réveil ? De quoi vous rappelez-vous d'autre cette nuit-là ? À qui vous êtes-vous confiée ? Pourquoi ne portez-vous plainte qu'aujourd'hui, deux mois après les faits ?

Anna ne parvient pas à répondre à toutes les questions. Parfois elle se contente de secouer la tête ou de hausser les épaules, parfois elle dit qu'elle ne sait pas. Le policier lui demande si elle a besoin d'une pause. Elle acquiesce, avale une gorgée d'eau, elle préférerait partir, mais il n'y a pas de retour possible désormais. Il faut aller au bout.

Ça dure une heure, deux, peut-être trois. À la fin il lui remet le fascicule destiné aux victimes. C'est officiel désormais. Désormais elle est une victime. Le fascicule contient les noms et adresses d'associations de femmes et de victimes. Il est aussi écrit qu'elle a le droit de se constituer partie civile en cas de procès, mais elle ne sait pas ce que cela signifie exactement. Au moment de la laisser partir, le policier ajoute : une jeune femme comme elle ne devrait pas boire autant, on voit bien comment ça se termine. Anna ne répond rien. Mais la colère, qui s'était mue en peur, en incertitudes le temps de l'audition, remonte. Connard. Connard de flic. Ce n'est qu'en sortant du bureau – le chemin à travers les couloirs sombres lui paraît plus court qu'à l'aller – qu'elle pense à ce qu'elle aurait dû demander : que va-t-il se passer maintenant ? La police l'appellera ? Ou c'est elle qui devra appeler ? Pourquoi a-t-elle oublié de demander ça ? Ou est-ce que le policier le lui a dit et elle n'a pas entendu ? Pourquoi ne l'envoie-t-il pas se faire examiner par la médecine légale ? Ça ne fait pas partie de la procédure ?

Anna est sonnée. Elle passe la soirée à fumer à la fenêtre. Non, sonnée n'est pas le bon mot. Elle regrette. Peut-être qu'inconsciemment elle a souhaité que Daria ait raison : qu'elle se dirait voilà une bonne chose de faite. Qu'elle se sentirait mieux après. Qu'elle aurait le sentiment, peut-être aussi, d'avoir entamé un processus qui lui permettrait un jour de passer à autre chose. Elle ne ressent rien de tout ça. Elle n'est pas seulement en colère contre Jonas et les flics, elle l'est surtout contre elle-même. Elle s'en est voulu après le 4 juillet, elle se sentait coupable. C'est encore plus fort maintenant. Daria a bien essayé de la persuader du contraire : ce n'est pas sa faute, elle n'est pas responsable. Mais maintenant si, elle est responsable. Responsable d'être allée porter plainte, responsable du fait qu'elle se sent aussi mal maintenant. Parce qu'il y a tant de questions auxquelles elle n'a pas su répondre. Parce qu'elle n'a pas su trouver les mots. Lui a-t-il serré les poignets avec la main gauche ou la droite ? Elle ne sait plus. C'était quand ? Elle ne sait plus. Quand est-ce qu'elle s'est endormie ? De quelle couleur était les draps ? Elle n'a aucune réponse à ces questions. Elle n'avait pas pensé qu'elle aurait à décrire les faits avec autant de détails. Bien sûr qu'elle n'y avait pas pensé, elle n'a pas réfléchi, elle a agi sur le moment. Quelle idiote.

L'adresse est à deux pas de l'Albertina, dans une rue bordée de magnifiques immeubles anciens Art nouveau par laquelle Anna n'est encore jamais passée. Le bureau de maître Leonard est conforme à ce qu'on imagine de l'extérieur : hauts plafonds, moulures, parquet chevron. Seule l'avocate ne ressemble pas au genre d'avocate qu'on imagine dans un bureau comme celui-là. Anna ne connaît personne qui a étudié le droit. Elle met juristes et commerciaux dans le même panier : des libidineux gominés et des femmes blondes en mini-jupe grise. Maître Leonard ne remplit aucun de ces clichés. Elles sympathisent tout de suite. Anna refuse le café, opte pour une eau gazeuse. Ne trouvant pas de décapsuleur, l'avocate finit par utiliser une fourchette, plop. Anna se dit qu'elles vont s'entendre. Elle lui pose beaucoup moins de questions que la police.

Maître Leonard explique qu'ayant lu les rapports de police, elle n'a pas eu besoin qu'Anna répète toute l'histoire. Elle sait à quel point ça peut être douloureux – elle est spécialisée dans les cas d'agression sexuelle et la représentation des victimes. Anna n'aurait pu trouver meilleure avocate à Leipzig. Elle lui explique que si la police a posé tant de questions, c'était pour la tester. Ces auditions servent à vous pousser à bout, jusqu'à ce que vous ne puissiez plus répondre : vous ne savez pas, vous ne vous rappelez plus. Une personne qui ment aura généralement préparé sa version des faits dans le moindre détail et sera capable de répondre à toutes les questions. Sauf que, normalement, personne ne peut jamais se rappeler une situation aussi précisément. La mémoire fonctionne par associations, pas par tiroirs.

Anna ne comprend pas pourquoi elle n'a pas subi d'examen médico-légal. Maître Leonard lui explique qu'on ne peut recueillir des échantillons de preuves comme du sperme ou de l'ADN que directement après les faits. Dans le cas d'Anna, cela remonte à trop longtemps, presque deux mois. Il n'y a que les hématomes qu'on puisse constater plus tard. Oui, admet-elle, on aurait pu l'examiner pour ça. Jonas l'a maintenue par les poignets. C'est possible qu'elle ait eu des bleus, mais Anna ne s'en souvient pas.

L'enquête peut durer des mois avant que le Parquet prenne une décision. Six au moins – et ce serait rapide !

On peut compter sur une année. Anna ne s'attendait pas à cela. Sa plainte lui semble encore plus dénuée de sens. Mais c'est trop tard maintenant, la machine administrative est lancée, l'attente commence.

— H

Ils ont débarqué à l'aube. Jonas n'a pas regardé l'heure. Ça devait être quatre ou cinq heures du matin. Bien sûr que non il ne s'y attendait pas puisqu'il est innocent.

Le lendemain de la fête, à son réveil, Anna est déjà partie. Jonas n'est pas surpris. Il a dormi profondément et n'a rien entendu. Comme la première fois, il est content qu'elle leur épargne le malaise du petit-déjeuner. Il reste au lit toute la journée ou presque, l'alcool lui a donné mal à la tête. Ce n'est qu'en fin d'après-midi qu'il retrouve Hannes pour l'aider à ranger, sans vraie motivation. On ne peut pas dire qu'il soit d'une grande aide, il est plutôt en travers du chemin. Le soir ils commandent des pizzas et fument des joints.

Il ne pense plus à Anna de la semaine. C'est elle qui lui écrit. Les neufs jours qui séparent les quarts de finale du match au bout duquel l'Allemagne redeviendra championne du monde sont banals. La routine. Les lundis, jeudis et vendredis il est à la bibliothèque, essaie d'avancer sur sa thèse malgré la chaleur. Il préfèrerait aller au lac ou lire pour le plaisir, mais aurait trop mauvaise conscience.

Parfois, quand même, il retrouve Momo vers six heures pour descendre au Cossi. C'est à vingt-cinq minutes en vélo. Jonas saute à l'eau, se laisse porter, fait la planche en regardant les nuages se déplacer. Ils boivent une bière fraîche devant le coucher de soleil, puis rentrent à la maison une fois celui-ci disparu à l'horizon. A-t-il été au lac la semaine suivant le 4 juillet ? Il ne sait plus. Il y va si souvent à l'époque, souvent avec les mêmes gens, souvent au même endroit – sur la rive est, pour profiter du soleil jusqu'aux derniers rayons. Les souvenirs s'emmêlent, il a du mal à distinguer les jours.

Les mardis et mercredis, Jonas donne des cours : Introduction à la théorie littéraire le mardi, Littérature des révolutions le mercredi. Il n'aime pas particulièrement enseigner mais cela fait partie de son travail d'assistant de recherche. Deux cours par semaine, c'est raisonnable, et au moins il est tranquille pendant les vacances semestrielles. Bien que ça ne soit pas tout à fait vrai : il doit corriger les devoirs des premières années qui sortent tout juste du lycée, ça se ressent dans leurs textes : la plupart ne sont pas encore capables de regards critiques et se contentent de rendre des résumés de contenus. Ce sont les mêmes qui le fixent sans comprendre pendant les cours ou notent tout ce qu'il dit. Débattre ne semblant pas les intéresser, Jonas se retrouve souvent à répondre à ses propres questions, même s'il y a des exceptions : une fois il a eu en classe un étudiant chinois qui en savait plus que lui sur Hegel, il leur avait dessiné au tableau un schéma compliqué reliant le philosophe au confucianisme au prisme du cosmos.

Le cours du mercredi se passe mieux que le cours d'Introduction. Ils lisent Büchner, Hesse, Dostoïevski et au moins un tiers de la classe a préparé les textes. Par ailleurs, l'actualité – la révolution ukrainienne – joue en sa faveur : quelques étudiant*es* s'emparent volontiers du sujet et son rôle se réduit alors à animer le débat.

Non, ce n'est pas exact, se reprend-il, la semaine suivant le 4 juillet n'est pas tout à fait banale. C'est la dernière de la période. Si les cours sont toujours pleins en début de semestre, au fil des mois les effectifs ne cessent de diminuer : à la fin, ils et elles n'étaient plus que vingt en Introduction avant de tou*tes* réapparaître au dernier cours, les partiels approchant. Jonas a découvert tous ces visages qu'il n'avait pas vus une seule fois du semestre. Le cours sur la Littérature des révolutions n'ayant pas de partiels, les inscrit*es* n'avaient plus aucune raison de venir. Au dernier cours ils étaient donc trois, celles et ceux qui avaient déjà rendu leur devoir ou présenté leur exposé étaient sûrement parti*es* en vacances. Au programme du cours ne restait que la discussion de clôture. S'il avait été étudiant, Jonas ne serait pas venu non plus.

Le mercredi il a plénum au M16. Le nom vient de la rue où se trouve l'immeuble : Mathildenstraße 16, à Connewitz. Au début des années 1990, c'était un squat. Après la chute du Mur, une sorte d'espace de non-droit règne à Leipzig : beaucoup de gens sont partis vivre à l'Ouest et de nombreux bâtiments se retrouvent vacants, laissés au bon vouloir des squatteurs et squatteuses. Lasse des combats de rue entre extrême-gauche et extrême-droite, la police finit néanmoins par fermer beaucoup de ces immeubles occupés, y compris le M16. Les habitant*es* – jeunes pour la plupart – signent des contrats de location normaux, moins chers quand même que dans le reste du quartier. Aujourd'hui l'esprit des années 1990 est toujours là : au rez-de-chaussée se trouve un bar géré par une association à but non lucratif. Les recettes de boissons leur permettent d'en acheter d'autres et de payer le loyer ou de nouveaux pieds de micro lorsqu'un groupe punk s'est un peu emballé. Les mardis et jeudis c'est *vokü* : quelques personnes cuisinent un plat ensemble, le repas est proposé à moindre coût, trois ou quatre euros. Parfois a lieu un concert ou une soirée cocktail. Lorsque Lisa, son ex-copine, l'a emmené manger au M16 pour la première fois, Jonas pensait qu'il allait se retrouver au milieu d'une bande de hippies avec des dreadlocks et des keffiehs. Mais les radicaux de Connewitz se qualifient plutôt d'« antiallemands », qualificatif dont Jonas a lui-même usé autrefois. Un mouvement pro-israël qui préfère Marx à Foucault, où l'on boit du coca-cola pour énerver les anticapitalistes, lutte contre l'antisémitisme et dont le slogan est : jamais plus l'Allemagne. Comprendre : jamais plus Auschwitz.

Jonas partage certaines de leurs idées, il est contre la critique rapide et antisémite du capitalisme et trouve important qu'il existe un état d'Israël, mais dans l'ensemble il les trouve trop dogmatiques et leur vision un peu simpliste. Autrefois, il n'aurait jamais regardé la Coupe du monde, mais aujourd'hui il est capable d'apprécier du bon football sans pour autant verser dans le nationalisme.

Lisa et lui ont cuisiné une fois au M16 (Jonas se souvient d'heures à peler des betteraves – ils avaient choisi de faire des varenikis maison). Ils s'étaient rencontrés à Kiev pendant son année d'Erasmus. Cette soirée au M16 était l'un de leurs premiers *dates* après leur flirt ukrainien, comme il l'appelle. À l'époque leur relation n'était pas encore claire, mais ils se sont rapidement mis en couple. Après cette soirée, Lisa n'a plus rien fait pour le M16. Jonas, lui, est resté.

À l'été 2014 cela fait sept ans que Jonas appartient au collectif, même si son engagement a diminué depuis un an et demi : il était moins souvent derrière le bar, ne venait plus régulièrement aux plénums, mais il était encore vice-président et trésorier.

Cet été-là, Jonas s'y rend néanmoins plus souvent. Ils ont du retard sur la déclaration d'impôts et lui seul semble savoir s'y prendre. Cela fait deux fois déjà qu'il essaie d'expliquer le système aux plus jeunes – il a même animé un atelier La déclaration d'impôts pour les associations – mais les autres membres semblent rétifs à l'apprentissage. Aussi se retrouve-t-il à faire de nouveau seul le gros de la déclaration.

Le plénum qui a lieu la semaine de la finale tire en longueur, bien qu'il y ait peu de points à l'ordre du jour. On discute pendant des heures du moindre détail. Jonas n'écoute plus, consulte son téléphone. Anna lui a écrit.

Il l'a déjà dit, il n'est pas surpris qu'elle soit partie sans dire au revoir le lendemain de la fête. Il ne se souvient pas de chaque seconde du rapport sexuel, il était très saoul, mais il y avait consentement, puisqu'ils ont utilisé une capote ! On ne ferait pas ça pour un viol ! Anna n'a envoyé aucun signal de refus. Il aurait respecté sa volonté sinon ! Sans compter qu'ils se sont embrassés juste avant, à l'aire de jeux. Les témoins ne manquent pas. Ça montre bien qu'Anna a agi de son plein gré et qu'il ne l'a forcée à rien. Jonas revient sur ce qu'il a dit plus tôt : en fait il se souvient de tout, c'est juste que ça met du temps à revenir à cause de l'alcool.

Bref, il ne pense pas longtemps à cette nuit-là, après tout ils ont été clairs sur leur relation. Mais ne pense-t-il pas qu'après cette deuxième nuit, Anna pourrait se faire des espoirs ? Non puisqu'il lui a dit d'emblée : il ne veut pas de relation, rien de sérieux. Pour lui c'est évident, cette nuit a été une erreur. Malheureusement ce qui est fait est fait. Ils étaient saouls, ça arrive. Il n'y a rien de plus à dire. Par contre les accusations mensongères, ça oui, parlons-en.

Le message d'Anna le surprend : Tu viens voir la finale dimanche ? Jonas ne répond que le lendemain : Avec plaisir, où ça ? Son message restera sans réponse. Là non plus il ne se pose pas davantage de questions. Le message d'Anna était très général, elle l'a sans doute envoyé à plusieurs personnes. Ça peut se lire comme : on est plusieurs à aller voir le match, tu peux venir aussi si tu veux. Certes, il ne veut pas de relation avec elle, mais ça ne veut pas dire qu'il souhaite couper tout contact. Il n'a jamais dit ça.

Quand a-t-il vu Anna pour la dernière fois ? Jonas ne répond pas tout de suite. Au supermarché de Connewitzer Kreuz, en août, avant qu'il parte en vacances. Elle s'est comportée bizarrement ce jour-là, elle est partie sans dire au revoir – ça ne se fait pas trop. Mais il ne savait pas encore ce qu'elle lui reprochait. Pour lui, sa réaction n'avait pas de sens. Il ne s'attendait pas à ce qu'ils soient les meilleurs amis du monde mais quand même, on n'est plus des gosses. Elle ne parvenait pas à le regarder dans les yeux bien sûr, vu ce qu'elle prévoyait de faire. Comment regarder quelqu'un dans les yeux quand on s'apprête à lui planter un couteau dans le dos, à ruiner sa vie.

Il n'aurait jamais cru ça possible. Il s'imagine qu'elle était amoureuse de lui et déçue que ce ne soit pas réciproque. Comment quelqu'un peut-il faire une telle chose. Une telle accusation, qui détruit tout sur son passage.

A-t-il remarqué quelque chose de particulier chez Jonas après la fête ? S'est-il comporté différemment de d'habitude ? Momo acquiesce. Oui, Jonas se comporte bizarrement les jours d'après. Il semble nerveux, anxieux. De base, déjà, ce n'est pas un mec calme. Pas du genre à rester tranquillement assis sur une chaise. Il faut toujours qu'il fasse quelque chose. Mais cette semaine-là il paraît plus nerveux que d'habitude, nettoie sa chambre et chaque recoin de l'appartement, ce qui n'arrive pas souvent. Ils se disputent au sujet de la machine à laver. Jonas n'est pas du genre à élever la voix, mais le lundi après la fête il lui tombe dessus : quand est-ce qu'il va sortir ses fringues de la machine, il veut laver des trucs, ce n'est pas normal qu'il bloque tout le temps le lave-linge. Momo aboie quelque chose en retour. Sûrement un reproche, Jonas qui ne vide jamais le lave-vaisselle et ne nettoie jamais ses casseroles. Dispute typique d'une colocation, rien d'exceptionnel. Enfin si. Jonas tient absolument à laver ses draps. À ce moment-là Momo n'y voit rien d'étrange. Mais une fois que l'histoire aura circulé et qu'il aura été interrogé par la police, ça lui reviendra, et ça prendra du sens bien sûr.

Entre sa thèse et sa rupture avec Lisa, l'été est stressant. Jonas aimerait pouvoir se plonger dans le travail, se changer les idées, mais son ex-copine revient sans cesse dans ses pensées. Elle lui manque, et bizarrement il a mauvaise conscience. Il a le droit de coucher avec qui il veut désormais mais quand même, il a l'impression de l'avoir trompée. Anna n'est que la troisième fille avec qui il a fait l'amour. Jamais il ne se serait cru capable de pouvoir le faire avec une fille pour qui il n'a pas de sentiments. Mais le sexe sans attache, ce n'est pas si mal finalement. Ça lui a plu de ne penser qu'à leurs corps, au plaisir pur. Jonas marque une hésitation en prononçant ces mots.

Enfin ce n'est pas ce qu'il voulait dire, c'est juste que c'est une expérience particulière le sexe sans sentiments. On ne se sent pas plus proche de la personne, au contraire même. Il apprécie Anna. Il n'aurait pas pu coucher avec n'importe qui, il faut quand même qu'il y ait une base de confiance, une sympathie mutuelle. Mais en même temps elle le rend fou, un truc chez elle l'agace profondément. Il ne sait pas vraiment quoi. Parfois son comportement est puéril, n'a pas de sens. Les petits drapeaux sur les voitures par exemple : c'était tellement gratuit. Elle n'a pas à dicter son opinion aux autres. Il arrivait qu'il ait envie de la secouer par les épaules, de lui crier : c'est quoi ton problème ? pourquoi tu es comme ça ?

C'est Momo qui ouvre la porte. Il est quatre ou cinq heures du matin. La police est sur le seuil. Momo pense que c'est pour lui. Il fume quasiment tous les jours et prend parfois des drogues dures en soirée. Sans compter qu'il fournit en herbe son cercle d'ami*e*s – il a le contact direct d'un dealer à qui il transmet les commandes ponctuelles. Momo réfléchit rapidement : où sont cachées les drogues ? reste-t-il encore de la MD au frigo ? de la kétamine ? Les policiers lui mettent le mandat de perquisition sous le nez : Jonas Schimmel.

Jonas est tiré d'un sommeil profond. Son corps est lourd. Lorsqu'il réalise qui se trouve dans l'appartement, il tressaille. La panique suivra, mais plus tard. Il se refait le film des dernières semaines, des derniers mois. Il pense à la dernière marche pour la paix et à la contre-manifestation organisée par ces racistes du fin fond de la Saxe. Lui et d'autres ont distribué des tracts. Le titre : « Pourritures de la société. Du lien entre critique du capitalisme et antisémitisme. »

Était-ce illégal ? Il apparaît sûrement sur de nombreuses vidéos de la police. Ils ont filmé les contre-manifestant*e*s, il ne portait rien pour masquer son visage. Comptent-ils l'accuser de quelque chose ? Il a souvent entendu parler de perquisitions sur la scène radicale : les flics cherchent un prétexte pour vous mettre quelque chose sur le dos, faire de vous un exemple. Il suffit qu'ils réunissent un briquet, une bouteille en verre, un torchon et un allume-barbecue pour vous accuser de fabriquer des cocktails molotov à destination d'un commissariat.

C'est alors qu'il lit sur le mandat de perquisition : viol. Impossible. La fatigue se dissipe, il retrouve l'usage de ses sens. Momo et lui restent interdits, debout dans le couloir. La police fouille la chambre de Jonas, photographie le matelas, les draps, un emballage de préservatif déchiré sous le lit. Momo se place sur le seuil de sa chambre, les empêchant d'entrer, ils n'ont pas le droit.

Qu'est-ce qui a pu se passer ? Jonas pense à Lisa : lui a-t-il fait quelque chose ? Il ne fait pas le lien entre la venue de la police et Anna. Il est sous le choc. Une fois les photos terminées, les policiers confisquent les éléments de preuve, emportant avec eux son MacBook et son iPhone.

— I

Tout le monde sait pour « l'affaire ». Quand est-ce qu'il en entend parler pour la première fois ? Hannes ne se rappelle plus. Au début ce ne sont que des rumeurs. Il y aurait eu une perquisition après un viol. Puis date et lieu circulent : pendant le match France–Allemagne, une fête dans un jardin, personne n'a rien vu. Puis on apprend qu'il s'agit d'un jeune doctorant et d'une étudiante, tous deux en sciences humaines. On ne connaît pas leurs noms.

Tout le monde en parle. Devant l'Albertina, Hannes entend des gens – qu'il n'a jamais vus – discuter de ce gars en thèse qu'une fille accuse de l'avoir violée. Le soir, lorsqu'après être allé se chercher une bière à l'épicerie de nuit, il retrouve ses ami*e*s au Herderpark, on ne parle que de l'horrible violeur et de la pauvre victime. Cette fille qui n'a pas fait attention, qui a couché avec un mec alors qu'elle était bourrée.

Bientôt ce sont les soupçons, les premières accusations. Il y a beaucoup d'étudiantes, on réfléchit : est-ce que l'une d'elles allait mal ces derniers mois ? Une qui aurait raté des cours après une fête dans un jardin ? Le groupe des jeunes assistants de recherche est plus restreint : le type qu'on voit tout le temps à l'Albertina, il est en thèse, non ? Ou c'est juste qu'il bosse sur un gros truc, c'est pour ça qu'il passe son temps à la bibliothèque ? Qui pourrait avoir fait ça ? Ce chargé de TD qui a sorti une blague sexiste une fois, il en serait bien capable, d'ailleurs il était bizarre ces dernières semaines, il a été absent, non ?

L'histoire ne cesse de changer selon qui vous la raconte, ayant de moins en moins de sens. Dans une version il l'aurait violée dans son sommeil, dans une autre il l'aurait enfermée dans le hangar à vélo et enchaînée au mur. D'un côté, on veut à tout prix savoir qui sont l'agresseur et la victime, de l'autre, trois mots reviennent souvent en conclusion : accusé à tort.

C'est par Jonas qu'Hannes apprend qu'il s'agit d'eux. Après le 4 juillet, ils ont mangé quelques fois au restau U, ont vu quelques matchs. Lesquels ? Il ne sait plus, les demi-finales sans doute. Puis Jonas a arrêté d'écrire et n'a plus répondu à ses messages. Un jour, Hannes reçoit un SMS : Bière ce soir ? Ils se retrouvent au bar *Das gute Leben*, à Schleußig, le quartier d'Hannes.

La conversation est laborieuse. Jonas ne dit pas grand-chose, il fume d'un air absent. Alors qu'Hannes est en train de lui parler d'un film qu'il a vu la veille en plein air, Jonas lui demande s'il a entendu parler de cette histoire de viol. Hannes acquiesce, agacé. Il n'en peut plus des ragots. Jonas dit qu'il s'agit d'Anna et lui. Qu'Anna a porté plainte. Hannes accuse le choc, avale une gorgée de bière. Il lui demande une cigarette, met du temps à trouver son briquet, hésite à lui demander, c'est vrai, tu l'as violée ? N'ose pas. Jonas répond de lui-même à la question : jamais il ne serait capable d'un truc pareil, jamais il ne ferait ça à Anna. Dans la tête d'Hannes c'est le chaos, des milliers de pensées s'entrechoquent. Jonas poursuit, il aimerait lui demander un service. Est-ce qu'il pourrait parler à Anna ? Ils sont amis, il veut comprendre pourquoi elle a fait ça, pourquoi elle l'accuse alors que c'est faux. Hannes fait oui de la tête. Il n'est pas sûr que ce soit une bonne idée, mais Jonas a l'air tellement désespéré. Il ne lui laisse pas trop le choix. Hannes va voir ce qu'il peut faire. Ils changent rapidement de sujet.

Quelle a été sa première impression ? Pensait-il que Jonas disait la vérité ? Hannes réfléchit, oui, il le croyait.

Hannes se rend chez Anna, moins pour Jonas que pour lui. En sortant du bar, tout semblait clair : Anna ment, Jonas est accusé à tort. D'un autre côté, Hannes se souvient du jour où il lui a ramené son téléphone. Et si ça n'avait pas été une de ses sautes d'humeur ?

Hannes ne la prévient pas de sa venue, il a peur qu'elle refuse de le voir. Il sonne, entend ses pas dans le couloir. Oh, c'est toi. Oui, elle a le temps de prendre un café. Elle a l'air moins mal que la dernière fois, mais toujours aussi à l'ouest. Elle lui propose de se mettre sur le balcon, Verena n'est pas là – on y accède par sa chambre. Hannes s'installe sur le canapé rouge pendant qu'Anna prépare les cafés. Elle verse un peu de lait dans sa tasse, sachant qu'il en prendra. Hannes n'a pas envie de tourner autour du pot. Il lui expose la situation puis dit qu'il faut qu'il sache si elle a menti. Il restera son ami quelle que soit sa réponse.

Sa première réaction ? Elle a envie de le mettre à la porte. Mais Anna prend sur elle, reste assise, remonte ses genoux contre sa poitrine, enserre ses jambes. Elle n'a pas envie d'en parler. Pause. Mais oui, Jonas l'a violée à sa fête d'anniversaire et elle a porté plainte. Depuis, elle regrette de l'avoir fait. Exactement pour ça : parce que maintenant il est là à lui demander de se justifier. Alors que ça devrait être à Jonas de le faire, pas à elle.

Hannes s'en veut d'avoir dit ce qu'il a dit ensuite : il ne peut pas imaginer Jonas faire ça. C'est un mec tellement super. Quelqu'un de réfléchi, pas un gros lourd, il ne dit jamais rien de sexiste.

La revoilà : la colère. Anna se lève, est-ce qu'il peut s'en aller, oui, vraiment. Soit il la croit et il est de son côté, soit il s'en va. Et s'il s'en va, elle considérera que leur amitié s'arrête là.

Hannes n'a pas envie de la perdre. C'est l'une de ses plus anciennes amies, ils se connaissent par cœur ou presque. Elle le met dos au mur là, comme ça, impossible de réfléchir, or il lui faut un peu de temps pour décider qui croire.

Anna a parlé sèchement, sans crier. Mais voyant qu'il ne réagit pas, qu'il se contente de la fixer, elle lève la voix : Va te faire foutre ! dégage ! Hannes ne se le fait pas dire deux fois, il renverse accidentellement sa tasse sur le canapé, souffle qu'il va nettoyer, mais elle crie une nouvelle fois : Dégage.

Hannes parti, Anna s'effondre. Elle se met à trembler. Les larmes coulent. Elle vient de perdre un ami, ça fait si mal.

Hannes passe plusieurs nuits sans dormir. Anna et lui ne se parleront plus. Elle tient parole et coupe les ponts.

Pendant un temps, Jonas aussi l'évite : le jour où ils se revoient, Hannes lui demande si ce n'est pas plutôt lui qui ment. Jonas explose à son tour – ça se comprend, dit Hannes. Jonas, lui, ne le jette pas dehors, mais n'écrit plus. Ils finissent par se recroiser au restau U. Hannes s'excuse et tout redevient comme avant. Ils éviteront le sujet quelque temps.

Pourquoi s'être excusé ? Il était donc du côté de Jonas ? Non, pas du tout. S'il s'excuse ce jour-là c'est pour avoir relancé le sujet alors qu'ils s'étaient promis de ne plus en parler. Donc ça ne le dérange pas d'être ami avec un violeur ? Bien sûr que si. C'est bien là son dilemme : il ne sait pas qui croire et ça le rend triste. Si ça ne tenait qu'à lui il n'aurait pas coupé les ponts avec Anna. Ça doit quand même bien être possible d'être ami avec les deux, qu'importe ce qui s'est passé, non ? Il ne veut juger personne. Mais Anna et Jonas voyaient ça autrement. Ils attendaient de lui qu'il prenne parti. C'est vrai que sur le moment, il donnait l'impression d'être du côté de Jonas, mais ce n'était pas le cas. Il voulait éviter de perdre un autre ami. Simplement, il avait besoin de savoir qui croire.

Non, qu'on le convoque ne l'a pas surpris, il s'y attendait depuis la perquisition. C'est là qu'avait commencé sa paranoïa. Depuis il s'attendait chaque jour à trouver la police sur le pas de sa porte, et cette fois pour l'emmener. Il savait, bien sûr, que ce n'était pas réaliste. La police n'allait pas revenir et le mettre en prison. Pour autant, il se réveillait tous les jours à l'aube.

La convocation n'a rien de spectaculaire. La lettre est écrite dans un registre formel, le même ton qu'utilisent les banques ou les assurances. Jonas prend un avocat, en l'occurrence c'est Nina, du M16, qui lui en recommande un. Nina a déjà fait l'objet de nombreuses plaintes, entre autres pour insulte à agent lors d'une manifestation, ou une fois pour avoir fait exploser sous un pont des pétards achetés en Pologne, violant la loi sur les explosifs.

Jonas n'aime pas particulièrement son avocat. Il le trouve incompétent, stressé, du genre à fouiller son bureau dix minutes à la recherche d'un stylo au lieu de l'écouter. Et puis il ne semble pas avoir d'expérience dans ce domaine, il s'occupe plutôt de délits comme les vols ou les coups et blessures. Ça reste mieux que rien. Il a besoin d'un avocat et n'a ni le temps ni l'énergie d'en chercher un autre. Son audition approche.

C'est inhabituel que Jonas ait accepté d'être entendu, explique maître Leonard. Anna a eu le contact de son avocate via Stefanie, de l'aide aux victimes. Après le dépôt de plainte, la perquisition chez Jonas et les premières rumeurs, Anna a eu besoin de parler à quelqu'un d'extérieur. Ses rencontres avec l'assistante sociale lui font du bien. Enfin quelqu'un qui s'y connaît, qui sait ce qu'elle traverse, qui dit ce qu'il faut, l'écoute, et n'attend rien d'elle. Elle a eu peur d'atterrir chez des soixante-huitardes un peu hippies, branchées ésotérisme, mais Steffi a les pieds bien dans le sol et elle est de bon conseil : elle lui a expliqué qu'en cas de procès, Anna pourra se porter partie civile, ce qui lui permettra, en plus de témoigner, d'avoir accès au dossier via son avocate.

La plupart des hommes accusés d'agressions sexuelles ne se laissent pas auditionner, poursuit maître Leonard. Elle dit hommes exprès car la plupart des auteurs de crimes sexuels sont des hommes, qu'importe le genre des victimes. Il faut aussi savoir que les plaintes sont rares et que le nombre de viols recensés est largement sous-estimé.

On a le droit de refuser d'être auditionné. De son point de vue, ce n'est pas une mauvaise stratégie : mieux vaut ne rien dire que se contredire. Mais Jonas, lui, accepte.

Oui, son avocat le lui a déconseillé, et c'est aussi ce qu'on recommande dans les cercles radicaux – même si ça concerne d'autres types de faits ou les arrestations arbitraires pendant les manifs : ne pas parler à la police. Jonas ne regrette pas. Il est content qu'il existe désormais une version officielle de son histoire, la vérité en l'occurrence. Il ne pouvait pas laisser Anna l'accuser à tort. Et pour être honnête, ses chances à elle sont plutôt maigres : quelles preuves détient-elle contre lui ? Ce n'est pas comme s'il avait fait une vidéo, il n'est pas un pervers.

Oui, les preuves sont minces. Personne n'a rien vu ni entendu. On a juste vu Jonas et Hannes la porter dans l'appartement, mais c'est trop peu. L'une des témoins les plus importantes est Daria car c'est la première à qui Anna a raconté ce qui s'était passé cette nuit-là. Elle est donc la première à être convoquée par la police. La police comparera son témoignage à celui d'Anna pour vérifier ses dires. Hannes et Momo sont également convoqués comme témoins, ce qui permettra de vérifier le déroulé de la soirée tel qu'Anna l'a décrit. La quatrième personne à venir témoigner est Verena. Son audition est brève, elle confirme également certains événements de la soirée du 4 juillet, et le fait qu'Anna ne va pas bien pendant l'été 2014. Il n'y aura pas d'autre audition de témoin.

Par ailleurs, aucun examen médico-légal n'est demandé, ce qui aurait permis d'obtenir des preuves tangibles – à condition d'avoir lieu dans les jours suivants le 4 juillet. On aurait pu confirmer la présence de sperme, recenser d'éventuelles blessures. En vérité, cet examen pouvait se faire longtemps après le 4 juillet : dans le département de médecine légale de l'université il est possible de constater des hématomes des semaines après les faits, même lorsque les bleus ont disparu depuis longtemps.

C'est donc déclaration contre déclaration. La parole d'Anna, disant que Jonas l'a violée, qu'elle a dit non plusieurs fois, qu'elle s'est débattue, contre la parole de Jonas : il y avait consentement.

Maître Leonard ajoute qu'il est tout aussi inhabituel qu'Anna soit convoquée pour une seconde audition. Cette fois-ci, Anna se prépare avec son avocate, même si ni l'une ni l'autre ne savent de quoi il sera question. Maître Leonard ne peut que lui conseiller de rester calme, de prendre chaque fois le temps de respirer et de réfléchir à ce qu'elle veut dire avant de répondre. Il s'agit des messages que la police a trouvés sur le portable de Jonas. Anna a dit dans son premier témoignage qu'elle n'avait pas eu de contact avec lui après le viol.

J'apprends par Jonas qu'Anna l'a contacté la semaine suivant le 4 juillet. Un premier message dans lequel elle propose d'aller voir la finale tous ensemble. Jonas comprend que c'est un message groupé et n'ira pas. Tout juste un mois après l'anniversaire d'Hannes, le 4 août à 16 h 34, Anna lui réécrit :

> Hey, ça te dit qu'on se capte avant la conférence ? Ou même après ? Les deux me vont. Ça fait longtemps qu'on ne s'est pas vus.

Jonas ne répond qu'une fois la conférence en question terminée, à 23 h 12 :

> Désolé je viens de voir ton message. J'avais pas mon portable, j'étais dans ma thèse. On se voit au RU un de ces jours ?

Cette fois c'est Anna qui ne répond pas. Jonas réécrit le 15 août à 14 h 07 :

> Bon anniv ! J'espère que tu passes une bonne journée. Il y avait un texte de Petrowskaja dans le journal aujourd'hui. Pas mal, pas mal ;)

Anna ne répond pas. Pourquoi ? Parce qu'elle n'est pas sûre de comprendre, son anniversaire est le 15 septembre, pas le 15 août, et elle ne se rappelle pas avoir parlé avec lui de leurs anniversaires. D'où peut-il savoir ? Peut-être a-t-elle renseigné une fausse date sur Facebook ? Oui, c'est peut-être ça.

L'explication est autre : c'est Hannes qui a dit à Jonas qu'elle était du 15. Il pensait septembre bien sûr. Sauf qu'on était en août et donc Jonas a compris le 15 août.

Le 26 août, un jour après qu'elle a déposé plainte, Anna écrit :

> Hey, ça va ? On se fait un truc bientôt ?

Jonas ne répond pas.

Elle le contacte parce qu'elle veut lui parler. Elle ne comprend pas ce qui s'est passé, elle veut le confronter. Anna explique qu'au moment du premier message elle n'est pas encore en colère, celle-ci ne monte que le jour où ils se revoient au supermarché. Elle a sous-estimé ce que le revoir déclencherait en elle. Mais avant la colère, c'est un besoin qui l'habite. Un besoin qui ne disparaîtra jamais : qu'il lui demande pardon. Qu'il reconnaisse les faits. Qu'il la regarde dans les yeux et dise : Oui, je t'ai violée et je suis désolé. Elle a porté plainte sous le coup de l'émotion, ce n'est qu'après qu'elle a réalisé ce qu'elle en attendait : une sorte de justice et de paix. Avec elle-même, et avec Jonas. Elle n'est pas sûre de vouloir un procès. Elle n'a pas pensé aussi loin. Si elle doit aller devant un juge, elle devra tout raconter à nouveau, or elle n'est pas sûre d'y arriver. Mais un procès pourrait lui apporter justice. Un jugement. Tout le monde saura alors qu'elle n'est pas une menteuse et que Jonas n'est pas le type bien sous tout rapport qu'on voit en lui. On croira au verdict d'un tribunal.

Si elle excluait l'idée de porter plainte au départ, elle voulait néanmoins déjà obtenir justice. C'est pour ça qu'elle lui écrit le 4 août, deux jours après avoir tout raconté à Daria et s'être confrontée pour la première fois à ce qui s'est passé. Ce n'est qu'après avoir parlé à sa sœur qu'elle a été capable de réfléchir aux conséquences de cette soirée, pour elle comme pour Jonas. L'une d'elles étant qu'elle a besoin de lui parler. À l'époque elle ne sait pas encore de quoi exactement. Elle ne sait pas mot pour mot ce qu'elle dira, elle n'a rien préparé. Elle avoue ne pas faire partie de ces gens qui réfléchissent avant d'agir. À l'image de ce message, le 4 août. Bien sûr elle n'allait pas écrire : Salut, il faut qu'on parle du fait que tu m'as violée le 4 juillet dernier. Il aurait dit non tout de suite.

C'est clair qu'il ment. Elle est sûre qu'il a lu son message avant la conférence et qu'il se sert de sa thèse comme excuse. En même temps il ne doit pas être ravi à l'idée de la revoir.

Le 26 août son objectif est le même : elle vient de porter plainte et souhaite qu'il l'apprenne par elle. Question de respect. Mais ça non plus elle ne va pas l'écrire dans un SMS, elle trouve donc un autre prétexte pour le voir.

Elle ne s'attendait pas à la perquisition. Encore une fois, elle n'a pas pensé aux conséquences. Et s'en veut.

Pourquoi ne lui réécrit-il pas après avoir lui-même proposé de se revoir au restau U ? Jonas répond la même chose qu'auparavant : il ne voulait pas qu'elle se fasse de faux espoirs, il craignait qu'ils se retrouvent à parler relation. Et pour être honnête il a oublié de lui réécrire, il avait du travail jusqu'au cou. Le 26 août, par contre, il a l'intention de répondre à son message, mais après la perquisition il oublie de nouveau, puis il découvre assez vite qui se cache derrière la visite de la police et là c'est clair qu'il n'a plus trop envie de lui parler.

— J

Cet été-là, Hannes passe plus de temps avec Jonas qu'avec Anna, bien qu'ils se connaissent depuis moins longtemps. Leur rencontre date d'une excursion au mémorial de Buchenwald. Environ vingt personnes y participent. Buchenwald se situe près de Weimar. On est en mai, il fait chaud, le trajet en bus dure une heure et demie – départ tôt le matin, retour en fin de journée. Ça faisait longtemps qu'Hannes voulait visiter le mémorial mais il n'en avait pas encore eu l'occasion. N'étant parvenu à convaincre personne de l'accompagner, il s'y rend seul. Dans le bus, le hasard veut qu'il s'assoit à côté de Jonas. La discussion s'engage dès l'aller. Après la visite guidée, ils font le tour de l'exposition. Une dispute – disons une discussion animée –, éclate entre lui, Jonas et un troisième participant. Un gars de la bewegungslinke[1], précise Hannes avec dédain. Le type leur sort que la dictature du Parti socialiste unifié a fait autant de dégâts que le national-socialisme, un truc du genre. Ça les fait bondir. Ce n'est absolument pas

1. Bewegungslinke *est un groupe de travail créé au sein du parti de gauche radicale Die Linke qui vise à renouveler les idées dudit parti. N.d.T.*

comparable ! Jonas et lui sont du même avis, ils finissent les phrases l'un de l'autre, tentent de convaincre le troisième.

De retour à Leipzig, la discussion se poursuit dans un bar. Voilà comment naît leur amitié. Après ça, ils se retrouvent plusieurs fois par semaine pour manger ou pour aller voir des conférences, une sur l'Iran, puis sur l'antisémitisme au sein de Die Linke. Avec la Coupe du monde, les matchs finissent par remplacer les conférences.

Jonas est un mec correct. Hannes entend par là qu'il se comporte correctement. Il n'est pas sexiste, ne met pas de main aux fesses. Et puis il ne parle jamais dans le dos des autres. Lui, par contre, aime bien ragoter de temps en temps, mais dans ces moments-là Jonas ne dit rien. Il est correct dans son comportement.

Leur amitié n'était pas qu'intellectuelle. Les filles faisaient aussi partie de leurs sujets de conversation. Jonas lui a parlé de Lisa, son ex-copine, de leur rupture et qu'il avait bien morflé. Par contre il n'a rien dit sur Anna. Un type correct oui : Jonas savait qu'Anna et lui étaient bons amis donc jamais il n'aurait dit quoi que ce soit de négatif sur elle.

Personne n'a envie d'être ami avec un violeur, dit Hannes. Alors bien sûr, à l'époque, c'est plus facile pour lui et pour les autres de se dire qu'Anna ment. Pourquoi c'est plus facile ? Parce qu'il est plus facile d'imaginer Anna mentir à ce sujet que d'imaginer Jonas en méchant violeur. Dans cette société être un violeur c'est pire que d'être un meurtrier. Le seul truc pire encore c'est pédophile.

Donc c'est plus facile de se dire qu'Anna ment. Même si, bien sûr, l'idée ne fait pas plaisir non plus. Qui fait ça franchement ? Accuser quelqu'un à tort, délibérément ? Mais ça ferait d'elle une menteuse, c'est tout – Hannes fait des guillemets avec ses doigts –, pas un violeur.

On dirait qu'il s'est fait son avis sur la question. Mais non, s'exclame-t-il, pas du tout, il essaie juste d'expliquer la situation, comment les gens fonctionnent. Oui, c'était difficile pour lui d'imaginer que Jonas puisse être un violeur, et il ne savait pas qui croire en effet. Chaque fois qu'il y pense, son cerveau arrête de fonctionner, impossible de réfléchir. Comme quand on essaie de visualiser l'infinité de l'univers. Impossible.

Michael – que tout le monde appelle Micha – et Jonas se connaissent depuis l'école. Ils étaient tous les deux à la Liebig, l'école européenne du quartier de Rödelheim à Francfort. Pendant quatre ans ils partagent la même table et le même chemin pour rentrer de l'école, raconte Micha. Ils n'habitent qu'à deux rues l'un de l'autre. Puis ils s'éloignent lorsque Jonas se met à fumer et traîner avec les élèves populaires. Ils ne se voient plus que rarement, pour fumer des joints ou jouer à l'ordinateur. En seconde, Jonas manque de redoubler. C'est l'année où ils se rapprochent à nouveau.

D'après Micha, Jonas se politise au moment du 11 Septembre. Ils ont seize ans tous les deux et participent aux manifestations contre la guerre en Irak. Ils taguent même *Fuck Bush and USA* sur le mur de l'école. Micha se met à rire : jamais son cœur n'a battu aussi vite que ce fameux soir, la bombe de peinture rouge en main.

Leur antiaméricanisme dure deux ans environ, puis l'un d'eux découvre *Konkret*, un magazine de gauche empreint, entre autres, des idées d'Ulrike Meinhof. Ils ne cesseront d'ailleurs de se disputer sur qui a tiré le magazine de son étagère, dans la librairie de la gare, et l'a découvert en premier. À l'époque ils ont l'impression d'être les rebelles de leur classe, voire de l'école tout entière. Ils se croient seuls à pouvoir dire ce qui est juste et ce qui ne l'est pas. Dans *Konkret*, ils lisent des articles sur Saddam Hussein, la réforme du marché du travail, et n'hésitent pas à débattre de l'Allemagne et du national-socialisme avec leur professeur de sciences politiques.

Micha est choqué lorsqu'il apprend ce qui est reproché à Jonas. Choqué et triste. Jonas a toujours été respectueux des autres, que ce soit les profs, les autres élèves, ses potes, et les filles bien sûr. Il fait partie de ces gens que tout le monde apprécie et qui est bon en tout : pas seulement en maths et en langues mais aussi en sport et en art. Tout le monde savait qu'il était voué à un brillant avenir. Professeur ou politicien, un truc du genre. Honnêtement, il pourrait citer au moins cinq personnes de leur classe de terminale qui auraient pu faire un truc pareil. Cinq noms qui ne l'auraient pas surpris. Mais Jonas, lui, est un type bien, intelligent, qui n'a jamais emmerdé qui que ce soit. Jamais. Ça n'irait pas du tout avec sa personnalité.

Micha n'arrive pas à y croire. Il essaie de s'imaginer que Jonas l'a fait : qu'il a violé une fille. Non, impossible. C'est un sujet vraiment sensible le viol, chez tout le monde, et en particulier chez les femmes, c'est sûr. Non, il n'essaie pas de trouver des excuses, c'est juste qu'il ne croit pas que Jonas soit allé à cette soirée, le 4 juillet 2014, dans le but de violer quelqu'un. Il y est sans doute plutôt allé pour faire la fête et boire des coups, comme tout*es* celles et ceux qui étaient invités et comme la plupart des gens de leur âge, bientôt trente ans. Clairement il a flirté avec cette fille, il y a des témoins. Il paraît d'ailleurs qu'elle avait tellement bu qu'elle ne tenait plus debout. Jonas avait trop bu lui aussi et a un peu perdu le contrôle. Pas besoin d'être médecin pour savoir que l'alcool amplifie les émotions. Parfois, bourré, on fait des trucs qu'on regrette après. Tout ça n'est sûrement qu'un gros malentendu.

Jonas n'est pas un monstre. Tout mais pas ça. C'est son plus vieil ami. Ce serait injuste qu'il voit ses dix prochaines années partir en fumée, juste parce qu'une fille a trop picolé et décidé de l'accuser d'un truc invraisemblable. Non, il ne lui met pas directement la faute dessus – ce ne serait pas juste. Mais où poser la limite ? Micha s'emporte : il y en a marre de passer chaque seconde à se demander si l'on est politiquement correct ! Quand est-ce qu'on va se rendre compte que s'il y a des viols ce n'est pas parce que les gens sont des violeurs ! C'est la culture de la fête qui est responsable ! Et la société ! L'alcool est une drogue bien trop banale, personne ne voit le problème et personne ne remet sa consommation en question. Il faut arrêter de blâmer les hommes pour tout et n'importe quoi, dire que les mecs d'aujourd'hui doivent changer. Non. C'est notre rapport à l'alcool le problème. Après, tout le monde tombe des nues quand il arrive un truc comme ça ! Il faut savoir faire la différence : une femme qui se fait sauter dessus en rentrant chez elle la nuit, oui, c'est un viol. Jonas, par contre, n'est pas un violeur. Il avait trop bu, ça a altéré sa faculté de jugement, point. Bien sûr qu'il y a des types qui vont profiter de ce genre de situations. Mais Jonas ne fait pas partie de ceux-là. Il est respectueux, gentil, talentueux et suffisamment intelligent pour ne pas faire ce genre de choses.

Micha montre deux photos de Jonas : sur la première ils sont bras dessus, bras dessous au zoo devant un hippopotame, deux jeunes garçons juste avant la puberté, on voit qu'ils ont eu la vie plutôt facile jusqu'ici. Sur la deuxième Jonas est seul, assis sur un canapé entre un paquet de tabac, un carton de pizza, un paquet de chips entamé et un ordinateur portable. Il sourit. Ses cheveux lui tombent aux épaules, gras, pas coiffés. Il porte un tee-shirt System Of A Down. Jonas doit avoir seize ans là-dessus, dit Micha en riant, ils fumaient pas mal à l'époque, comme on peut le voir. Ce grand sourire, c'est tout à fait Jonas.

Elvira, la mère de Jonas, est féministe. C'est la première chose qu'elle me dit. Bien avant de parler des travaux de rénovation de la maison une fois son fils parti, et de la construction de la véranda l'hiver précédent. Ils habitent une maison mitoyenne dans un lotissement à Francfort-Rödelheim.

Elvira est professeur d'allemand et d'anglais au lycée. Rainer, le père de Jonas, est gynécologue. Féministe lui aussi. Ce ne sont pas des soixante-huitards – ils étaient un peu jeunes à l'époque – mais ils ont participé aux combats suivants : Elvira a manifesté lors de la campagne pour le salaire ménager et aujourd'hui elle écrit des articles pour le magazine du Deutscher Frauenrat. Rainer, de son côté, s'est engagé très tôt en faveur de l'avortement et a été l'un des premiers à Francfort à en pratiquer.

Cette personne est malade. Elvira parle d'Anna. Il faut être psychiquement dérangée pour accuser son fils d'un truc pareil. Le jour où Jonas lui a raconté l'histoire, elle est tombée des nues. Une plainte, contre lui. Bien sûr qu'elle le croit ! Jamais son fils ne lui mentirait. Ils s'entendent bien, comme des amis. Ils se téléphonent une fois par semaine au moins et Jonas leur rend visite tous les deux mois si ce n'est plus – ou ce sont eux qui viennent à Leipzig.

Ils lui ont donné une éducation féministe. Les femmes, Jonas les estime et les respecte. Ils n'ont jamais été convaincus par l'éducation antiautoritaire, mais ont éduqué leur fils en libre penseur, de sorte qu'il puisse se faire sa propre opinion du monde. Il fait sa vie désormais. Ce n'est pas un violeur.

Il n'y a qu'à regarder ses relations amoureuses pour voir qu'il respecte les femmes ! Jonas a toujours été fidèle. Avec Lisa ils sont restés sept ans ensemble, et avec Julia, sa première copine, presque deux ans. C'est long quand on est jeune ! Ce n'est pas un coureur. C'est un romantique. Quand il est amoureux d'une fille, Jonas fait tout pour elle. C'est pour Julia qu'il a déménagé à Leipzig. À l'époque il pensait que c'était là qu'elle atterrirait mais elle s'est finalement retrouvée à Berlin. C'est sans doute mieux comme ça. Elle jouait avec lui, ça lui a brisé le cœur. Et rebelote avec Lisa. Ce sont les femmes qui ne respectent pas les sentiments de Jonas, qui se servent de lui.

Jonas n'a jamais été violent, non, au contraire même. Une fois, il devait avoir dix ans, il est arrivé en pleurs à la maison. Deux autres enfants l'avaient frappé. Elle lui a demandé pourquoi il ne s'était pas défendu. Jonas a répondu qu'on n'a pas le droit de frapper les autres. Elle a ri en expliquant que cette règle ne s'applique pas si c'est pour se défendre.

Elle espère que ce cauchemar prendra fin rapidement et qu'il n'y aura pas de procès.

Pour Lisa, Jonas fait partie des mecs bien, et il n'y en a pas tant que ça : entre ceux qui ne veulent pas de relation pour pouvoir rester libres – mais qui en vérité sont juste trop névrosés pour être en couple – et les sangsues, qui pensent que parce que vous les avez embrassés en soirée ça y est vous êtes en couple. C'est rare les mecs équilibrés comme Jonas, fidèles sans être collants. Gentils mais pas dégoulinants. À l'époque elle n'arrête pas de se dire qu'elle a de la chance d'être avec lui. D'être tombée sur un mec comme lui. Le genre dont elle rêvait plus jeune. Dans le village où elle a grandi il n'y avait que des paysans et des pouilleux, personne avec qui elle se serait vue sortir. Ça ne l'empêchait pas d'en embrasser un ou deux à la fête du village, c'est vrai – c'était mieux que rien. Elle a toujours voulu être en couple, avoir un petit ami avec qui parler bouquins, qui aimerait les mêmes films et avec qui elle pourrait aller voir ses groupes préférés en concert. Jonas cochait toutes les cases.

Ils se rencontrent à Kiev, en Erasmus. Timide, Jonas ne l'aurait probablement jamais draguée si elle ne l'avait pas fait. En rentrant d'un bar étudiant elle lui demande si elle peut l'embrasser. Il répond oui. Elle a toujours été directe. Peu de temps après ils sont de retour à Leipzig, leur relation s'intensifie. Ils se voient presque tous les jours, vont au cinéma ou se promener au Wildpark. Ils n'auront jamais la fameuse conversation, celle où vous vous déclarez officiellement en couple. Il ne lui a avoué que bien des années après, mais Jonas a pensé qu'ils étaient ensemble dès leur premier baiser, c'est drôle. En tout cas ça montre bien que son cœur est au bon endroit.

Ils ne connaissent aucun problème tout le temps que dure leur relation, sauf à la fin bien sûr – même si Jonas refusera de l'admettre. Les trois premières années, c'est la magie du début. Lisa n'aurait jamais cru qu'elle aurait des papillons dans le ventre aussi longtemps. Avec ses ex ce sentiment avait disparu au bout de huit mois maximum. Bien sûr, ils connaissent quelques crises. Lors d'un week-end de fête à Berlin, elle couche avec un mec. Elle ne compte pas le dire à Jonas mais le préservatif ayant craqué, elle est bien obligée de lui avouer. Il lui pardonne. Cela ne fait que renforcer son estime pour lui. Ensuite elle n'a plus cessé de penser qu'un jour ils pourraient se retrouver avec un bébé.

Et quand ils ont dû rendre leurs mémoires. D'abord Jonas, puis elle. C'était vraiment une période difficile. Elle réalise maintenant qu'elle s'était mis beaucoup trop de pression. Un mémoire de master n'est pas une thèse. Elle a passé presque un an à travailler sur *L'Agriculture durable en Tanzanie. Une recherche ethnologique à l'aune du colonialisme allemand*. Les enquêtes de terrain ont duré beaucoup plus longtemps que prévu et à la fin elle croulait sous le matériel récolté en Tanzanie. Les trois mois passés là-bas n'ont pas été simples non plus : jamais, dans ses relations précédentes, elle n'avait été séparée aussi longtemps. Il était prévu que Jonas la rejoigne mais le temps a filé et il n'avait pas de quoi s'acheter le billet. C'est ce qu'il disait en tout cas. Mais bon, il suffit de savoir où sont ses priorités. Lisa paraît toujours blessée. C'était le début de la fin. Deux ans, quand même, avant qu'ils se séparent pour de bon !

Ces derniers mois elle s'est beaucoup demandé comment ils en étaient arrivés là. C'est elle qui a rompu, oui. Mais ça n'a pas été une décision facile. À un moment ce n'était plus possible, le temps où tout allait bien était définitivement révolu. Ils ne faisaient plus que s'engueuler, incapables d'échanger ne serait-ce qu'un mot normal. Dès qu'ils se retrouvaient dans la même pièce elle était à deux doigts d'exploser.

Elle a repensé à tous ces moments encore et encore : cette façon de s'envoyer des méchancetés à la figure, leur silence, à table, pendant qu'ils mangeaient leurs lasagnes végétariennes. Avant la séparation elle en rêvait, même. Une boucle sans fin, jour et nuit, des mois durant.

Pourquoi se séparent-ils ? Plusieurs raisons, entre autres le manque d'empathie de Jonas. Mais ce n'est peut-être pas le bon mot. Lisa hésite. Peut-être aussi le fait qu'il a été socialisé en tant que garçon. Il fallait toujours que tout tourne autour de lui, de ses besoins à lui. Mais ça, elle ne l'a compris que plus tard, après la rupture. À l'époque ils passent beaucoup de temps à parler de ses sentiments à lui, de ses envies, de ses craintes. Lisa est une oreille attentive. Elle l'aide à se sentir mieux, est là pour le remotiver, le prendre dans ses bras quand il est triste parce que son père ne lui a pas écrit personnellement pour son anniversaire. Lui prépare à manger lorsqu'il rentre d'un congrès de trois jours. On dirait une relation patriarcale typique : la femme cuisine, l'homme part travailler. Ce n'était pas comme ça bien sûr. Mais ce sont plein de petites choses qui, oui, relèvent peut-être de la question du genre.

Qu'entend-elle par manque d'empathie ? Lisa soupire. Quand elle allait mal, qu'elle était triste ou stressée, Jonas était dépassé. Bien sûr, elle ne veut pas d'une relation où son bien-être psychologique dépend de son partenaire, mais à force de ressasser tous ces moments la nuit, elle a fini par réaliser que Jonas ne l'aimait que quand elle allait bien. Quand elle respirait la joie de vivre et la confiance en elle. Quand elle était stressée comme pendant la rédaction de son mémoire ou qu'elle se sentait grosse et moche, il prenait ses distances, en gros pile quand elle avait le plus besoin de lui. Non, elle ne lui en a pas parlé. Elle ne savait pas comment le formuler.

Et puis cette dépendance. Après tant d'années c'est sans doute incontournable cette fusion : on sait tout de l'autre, on connaît tous les potes, les anciens comme les nouveaux, on a entendu cent fois les mêmes histoires et anecdotes. Ce n'est pas forcément négatif en soi, mais pour eux ça l'était. Au moment de leur rupture, elle ne sait pas comment elle va pouvoir vivre sans lui. Qui, désormais, pour l'aider à assembler le sommier de son lit ? Avec qui aller au cinéma ? Elle arrête même de cuisiner. Ce n'est pas drôle pour une seule personne. Le plus triste c'est que s'il lui manque c'est par habitude, pas par amour. Elle ne veut plus jamais être dépendante de quelqu'un comme ça.

Non, jamais il n'a été violent ! Lisa garde un moment le silence. Si, une fois, il s'est passé quelque chose. Elle s'en souvient, maintenant. Des années qu'elle n'y a pas pensé. Ce sont les derniers jours de leurs vacances en Sardaigne, ils ont bien mangé, beaucoup dormi et flemmardé. Une dispute éclate pour rien, elle ne coupe pas les poivrons comme il faut, un truc du genre. En cuisine, Jonas est un vrai nazi, il faut tout faire comme il veut lui. Sans doute lui répond-elle qu'elle sait couper des légumes, merci. Jonas s'emporte, il lui lance un torchon, l'atteint à la poitrine. Elle n'a pas mal bien sûr, c'est plutôt la surprise. Il s'excuse tout de suite après. Ce n'est qu'un torchon, c'est vrai, pas une poêle ou une casserole. Mais le geste est le même.

Aujourd'hui elle serait partie. Mais à l'époque elle est encore jeune, c'est peut-être pour ça qu'elle ne part pas. Elle reste là, pétrifiée, puis fait ce qu'elle fait toujours dans ce genre de situation : elle s'enferme aux toilettes. Le seul endroit où on ne la suivra pas. Respirer. Ravaler ses larmes. Le studio est horriblement petit, une seule pièce avec lit, coin cuisine et salle de bains. Elle pourrait sortir, faire un tour dans le village ou sur la plage. C'est l'une des choses qu'elle a apprises pendant cette relation, explique-t-elle : sortir quand ça part en vrille.

Ils se réconcilient. Jonas s'excuse une bonne centaine de fois, elle finit par oublier.

Jonas ne ferait jamais une chose pareille, violer quelqu'un. Ils sont restés sept ans ensemble, elle ne connaît personne aussi bien. Après avoir discuté avec Micha et la mère de Jonas, la réaction de Lisa n'a rien de surprenant. Ce qu'elle ajoute ensuite, si.

Elle n'a pas la prétention de juger qui que ce soit. C'est au juge de faire ça. Et il n'y a que Jonas et cette fille qui peuvent dire ce qui s'est passé cette nuit-là. Mais Jonas n'est pas un menteur. Il ne lui a jamais menti pendant toutes leurs années ensemble. En tout cas pas qu'elle sache. Ils n'avaient pas de secrets l'un pour l'autre. Leur relation était basée sur la confiance. Bien sûr qu'elle se demande pourquoi cette fille est allée raconter ça, comme tout le monde d'ailleurs. Elle a des tendances mythomanes ou quoi ? Qu'est-ce qu'elle espère obtenir ? Ou est-ce qu'il faut la croire ? En vérité, Lisa tend à la croire. Si une copine venait lui raconter ça, elle la croirait immédiatement. Elle ne peut pas imaginer qu'on aille inventer un truc pareil. Mais de la même manière, elle ne peut pas imaginer ce que ça supposerait : le garçon qu'elle a aimé pendant sept ans serait un menteur et un violeur. Lisa secoue la tête, le visage triste. Non, elle n'a pas la prétention de juger qui que ce soit. Ce n'est pas normal ce qui arrive : que tout le monde se croit en droit de prendre parti et de décréter qui ment et qui dit la vérité. C'est à la justice de le faire, répète-t-elle.

Melián, la quarantaine, est un homme à l'allure sportive et au look berlinois. On l'imagine davantage travailler comme rédacteur marketing ou pour un label de vinyles que comme professeur à l'université de Leipzig. Barrant, de toute sa hauteur, l'entrée de sa salle de classe, il ne cache pas son agacement et dit qu'il n'a pas l'intention de parler d'autre chose que du travail de M. Schimmel. Il ne répondra à aucune autre question. C'est justement ça qui m'intéresse, son travail et son contrat de travail – s'il est encore d'actualité. Là-dessus il ne peut rien dire, mais quel dommage, M. Schimmel était un excellent collègue, investi, excellent. Voilà tout ce qu'il peut dire, il doit travailler maintenant, ses rendez-vous avec ses étudiant*es* vont bientôt commencer.

Anna soupire. Elle aurait aimé qu'il existe un mot plus fort que déception. Au départ, même si elle est ambivalente envers Jonas, elle l'apprécie, l'estime. Avant le 4 juillet elle le respectait même. En tant que personne. Elle ne peut pas dire ce qui est le pire dans tout ça. Deux choses c'est sûr. Que Jonas soit l'auteur des faits – elle ne dit pas qu'elle aurait préféré quelqu'un d'autre, un agresseur n'est pas nécessairement violent ou dérangé. C'est juste que jamais elle n'aurait pensé qu'il soit capable d'une telle chose. Jonas, le brillant Jonas, avec qui elle pouvait discuter pendant des heures. Jonas, ce type sympa que tout le monde aime, que personne ne penserait capable de ça. Jamais elle n'aurait cru qu'il viendrait se servir, comme ça, s'emparer de son corps à elle pour satisfaire ses propres envies. Car au fond il ne s'agit de rien d'autre : il est venu se servir, il a fait ce qu'il voulait. Ce qu'elle voulait elle, rien à foutre. Cette façon de faire ne témoigne d'aucun respect, d'aucune considération. Si la colère a pris le pas sur tous ses autres sentiments, la déception est juste derrière, couplée à de la tristesse et à un sentiment de culpabilité : comment a-t-elle pu croire une seule seconde qu'il était incapable d'un truc pareil ? Comment a-t-elle pu lui faire confiance ? Et comment pourra-t-elle à nouveau faire confiance à l'avenir ?

— K

Hannes considère Anna comme sa petite sœur – elle lèverait les yeux au ciel si elle l'entendait dire ça ! Ça tient peut-être au fait qu'ils ont habité trois ans ensemble et savent tout l'un de l'autre. À l'époque, il connaît ses heures de lever et de coucher habituelles ; il sait qu'il ne faut pas lui parler le matin tant qu'elle n'a pas bu son café, qu'elle aime sans sucre avec beaucoup de lait ; il peut dire quand elle est de mauvaise humeur parce qu'elle a faim et qu'ils n'ont pas eu le temps de passer faire des courses. Quand elle rentre de soirée il sait qu'il la trouvera dans la cuisine en train de s'enfiler des tartines de fromage pour éponger l'alcool ; quand elle est malade il lui fait du thé et passe à la pharmacie ; quand sa mère appelle il explique qu'Anna n'est pas là, tandis qu'elle secoue la tête juste à côté. Elle fait toujours tout à la dernière minute et lorsqu'à dix heures du soir elle dit qu'elle doit travailler sur un devoir, il sait qu'en vérité elle est en train de binge-watcher *Adventure Time*. Qu'elle ne fait pas exprès quand elle oublie, l'été, de remettre le lait au frais. Que ça la travaille des jours entiers si quelqu'un la critique. Un jour il lui a dit qu'elle était plus allemande que lui, ça l'a vexée et des années après elle continue de chercher des arguments pour lui prouver le contraire : elle n'est jamais à l'heure, elle est bordélique, elle ne trie pas ses déchets, elle préfère la viande de bœuf à celle de porc, d'ailleurs elle est la seule de leur groupe qui n'est ni végétarienne, ni vegan – or il n'y a pas plus défenseur des animaux qu'un Allemand, c'est bien connu, Hitler était végétarien.

Anna connaît son univers intellectuel mieux que quiconque, elle relit et corrige tous ses devoirs, ne laisse rien passer. « Le scanner Anna Stern », il l'appelle. C'est à lui désormais de porter ce regard sur ses propres devoirs.

Elle le console quand il a des peines de cœur, l'oblige à sortir de l'appartement quand il préférerait passer la journée au lit devant *Star Trek*. Il connaît les types qu'elle ramène à la maison, l'a entendue au lit cent fois, elle va toujours aux toilettes ensuite pour éviter les infections urinaires. Rester dans les bras l'un de l'autre après le sexe n'est clairement pas son truc.

C'est lui qui l'emmène à sa première manif. Il voit la panique s'emparer d'elle lorsque les flics se mettent à les charger et la regarde s'enfuir avec les autres poules mouillées. Il observe sa transformation au fil des mois : elle apprend à ignorer la peur et à rester debout, plantée dans le sol, face aux policiers.

Oui, elle est comme sa sœur. Cherche-t-il à la protéger comme un grand frère ? Non, ce n'est pas ce qu'il dit. Sa voix trahit de l'agacement. Il dit « sœur » car c'est une amitié particulière, très forte. Qu'on n'arrête pas pour une broutille. Après tout, on n'arrête jamais d'être frère et sœur.

Comment ont évolué leurs relations ces dernières années ? En septembre 2012, ils doivent quitter leur appartement de la Körnerplatz dont la rénovation a entraîné l'augmentation du loyer. C'est plus difficile pour lui que pour elle – en tout cas c'est son impression à l'époque. Elle s'apprête à partir en Erasmus à Saint-Pétersbourg avant d'enchaîner sur un stage au Goethe-Institut de Barcelone. Rien ne la retient à Leipzig.

Aucun des deux n'est doué pour garder contact. Ils parlent de temps en temps sur Facebook mais c'est tout. Ils se retrouvent à Leipzig pour le Nouvel An et regardent les feux d'artifice depuis le toit du nouvel appartement d'Hannes. Au printemps il lui rend visite à Saint-Pétersbourg. Il se souvient de rues et de ponts gigantesques – à côté Leipzig passe pour une ville miniature. Il se rappelle également le musée de l'Ermitage, immense lui aussi, et le bar en-dessous de chez Anna où ils allaient boire des vodkas tous les soirs jusqu'à l'aube avec un couple gay, deux Russes qu'elle avait rencontrés là-bas.

Ce n'est pas grave s'ils ne se voient pas autant qu'avant car chaque fois qu'ils se retrouvent c'est comme s'ils s'étaient quittés la veille.

Il se déteste. Se hait de les avoir présentés. C'est avec lui que tout a commencé. S'il n'avait pas existé, on ne serait pas en train de discuter de ce qui s'est passé le 4 juillet.

Sans compter qu'à cette putain de fête d'anniversaire c'est lui qui a aidé Jonas à monter Anna dans l'appartement. C'est chez lui qu'elle aurait dû passer la nuit. Mais il habite à Schleußig, ça faisait trop loin, c'est ce qu'il se dit à l'époque. La chambre de Jonas était juste là, et puis ils se connaissaient assez bien maintenant. Il n'a pas pensé plus loin. Jamais il n'aurait dû laisser Anna toute seule. Tu parles d'un ami.

Et les jours suivants ! Le matin où il lui rapporte son téléphone il voit bien que ça ne va pas. Pourtant il fait comme si de rien n'était et la laisse en plan. Il aurait dû rester, essayer de creuser. Mais à cette période ils se voyaient bien moins qu'avant. Sans qu'il y ait vraiment de raison, ça s'est fait comme ça. Il l'a déjà dit : ni l'un ni l'autre ne sont très doués pour garder contact. Ils se croisaient de temps en temps à la bibliothèque et mangeaient au restau U, mais ce n'est pas comme se poser le soir ensemble. Et quand ils se voyaient le soir justement, c'était plutôt en groupe et plus tous les deux comme ils le faisaient avant. Aujourd'hui ils n'ont plus du tout de contact.

Parmi toutes les choses qu'il ne comprend pas dans cette histoire, il y en a une qui le gêne particulièrement : pourquoi n'a-t-elle pas porté plainte plus tôt ? Pourquoi est-ce qu'elle n'est pas tout de suite allée au commissariat la semaine du 4 juillet, ou mieux, dès le lendemain ? Il s'est renseigné, la police aurait pu recueillir des preuves : sur sa culotte par exemple, ou demander un examen médico-légal, gynécologique, chercher des traces de sperme ou de violence sur son corps. Tout aurait été plus simple. Pourquoi a-t-elle tant attendu ? Presque deux mois !

Il se répète mais il ne peut pas imaginer que Jonas soit un violeur. Il sait aussi qu'Anna n'est pas du genre à mentir. Même quand elle essaie, elle ne peut rien garder pour elle. Ça a des avantages et des inconvénients. Ce n'est pas une bonne idée de lui confier un secret par exemple. Un jour, il lui a raconté qu'il avait volé un livre à l'Albertina, et bien croyez-le ou pas : le lendemain, Anna est allée dire à l'accueil que le livre n'était plus dans les rayons, qu'il avait dû être volé. Certes, elle n'a pas dit que c'était lui mais ça montre bien qu'Anna ne peut rien garder pour elle.

Il aime ça chez elle, le fait qu'elle dise en face ce qu'elle pense. Anna ne fait pas semblant d'être sympa. Elle ne s'est jamais privée de le lui dire s'il ne se comportait pas bien avec une fille – quand il se contentait de ne plus répondre aux messages au lieu de rompre officiellement par exemple. Elle est sa bonne conscience. Il ne l'a jamais vue mentir. Pourquoi commencerait-elle maintenant ? Et puis il faut le vouloir quand même : inventer une histoire pareille et aller jusqu'au commissariat la raconter. Et devoir la répéter encore devant un juge. Qui prendrait un tel risque ? Anna ? Non. Ça ne lui correspond pas. Ce n'est pas elle.

Bien sûr qu'elle la croit. Jamais elle ne l'avait vue comme ça, sa grande sœur, en larmes. Anna et Daria se ressemblent, elles partagent les mêmes traits. Daria, plus grande et le visage plus carré, pourrait néanmoins passer pour l'aînée.

Si un jour elle le croise... Daria ne termine pas sa phrase. Elle rêve de vengeance, oui. Ce n'est pas normal qu'il s'en sorte comme ça. On ne sait pas encore, il y aura peut-être un procès, auquel cas Jonas sera jugé. Elle secoue la tête. Pfff ! Elle s'est renseignée, ils sont très peu à passer devant un juge, la plupart du temps il n'y a pas assez de preuves et presque pas de témoins. Daria, elle, est un témoin clé.

Or elle n'a pas l'impression que la police la croit à 100 %. Donc mieux vaut prendre les choses en main. Parle-t-elle de se faire justice soi-même ? Non, non. Mais bon, c'est dommage que ce soit interdit. Ce Jonas, là, elle se verrait bien le harceler un peu. Qu'il n'en dorme plus la nuit. Comme Anna. Qu'il n'ose plus sortir dans la rue par peur de la réaction des gens. Quel connard, mais quel connard ! J'attends qu'elle se calme pour lui demander si elle se souvient d'une fois où Anna aurait menti. Daria réfléchit. Oui, bien sûr qu'elle a déjà menti. Comme tout le monde. Surtout enfant et ado, normal. À l'époque elle ne dit jamais toute la vérité à leur parents, enfin à leur mère, leur père n'étant pas là souvent. Les mensonges classiques, quand vous dites que vous dormez chez une copine alors que vous allez en soirée. Ou que non, vous n'avez pas fumé, c'est les autres, c'est pour ça que vos vêtements sentent la cigarette. Anna commence à fumer à treize ans. Elle traîne alors sur la Brackeplatz avec le groupe des populaires. Leur mère se fait du souci, elle essaie de convaincre sa fille de rencontrer d'autres gens, ceux-là n'ont pas une bonne influence. Mais ça se termine toujours en disputes. Anna continue d'aller à la Bracke où elle fume des joints et boit des verres. Parfois elle sèche les cours.

Ce n'est pas facile pour elles, « les Russes » comme on les appelle. Ça n'intéresse personne de savoir qu'elles viennent d'Ukraine. Elles sont « celles des tours ». Car ce n'est pas juste qu'elles viennent de l'étranger et que leurs parents ne parlent pas bien allemand : elles habitent à Grünau, dans les barres d'immeubles. Daria est encore à l'école lorsque la famille emménage dans le quatre-pièces. Anna vient d'entrer au collège. Enfin, elles ont chacune leur chambre, au moins ça – et avant la puberté, heureusement, elles se seraient arraché les cheveux sinon. Reste que l'appartement fait toujours partie des tours, juste deux rues plus loin.

Anna est bonne à l'école et le restera. Même durant sa phase rebelle. Pour compenser peut-être. L'étrangère doit montrer qu'elle n'est pas idiote, au contraire, elle peut même être la meilleure. Il en va de même pour Daria. Si elle n'avait pas tout fait comme sa grande sœur, elle ne serait probablement pas étudiante en médecine aujourd'hui.

Elles passent beaucoup de temps à parler garçons. Sa première fois, Anna l'a avec Klaus, un des mecs de la Bracke. Daria profite de l'expérience d'Anna et apprend tout ce qu'elle doit savoir sur le sexe. Les meilleures positions par exemple. Elle s'interrompt. Bref, ce n'est pas très important. Klaus est-il son premier petit ami ? Non, entre Anna et lui ça ne dure pas. Ado, Anna enchaîne les flirts, Klaus à quatorze ans, Mario à quinze, puis à seize ans elle se met en couple avec Tarek, son premier grand amour. C'est lui qui rompra avec elle, l'année de sa terminale. Elle a pleuré pendant des jours, horrible.

Au début de sa vingtaine, Anna reste célibataire. À quoi c'est dû, aucune idée. Anna est très jolie, beaucoup de mecs la trouvent sexy.

Parfois, quand elle est dans une de ses phases tristes, Anna dit qu'elle est une enfant de Tchernobyl, que ce sont les effets à long terme. Elle est née l'année de la catastrophe nucléaire.

La vie en colocation, Verena sait ce que c'est. À Potsdam elle a vécu dans deux coloc différentes, une de trois personnes, puis une de quatre. Elle a l'habitude des conflits : il y a toujours quelqu'un qui ne fait jamais la vaisselle ou qui oublie de ranger le beurre au frais. Combien de fois elle a fait les cent pas dans sa chambre en attendant que le ou la colocataire indésirable quitte la cuisine.

C'est la première fois qu'elle habite à deux. Au départ elle voulait vivre toute seule mais ça revenait trop cher. C'était quand même mieux de partager les frais, entre Internet, l'électricité, la redevance, le frais, la machine à laver... C'est pratique, aussi, d'avoir quelqu'un qui vous prépare du thé quand vous êtes malade ou qui le remarquera si vous n'êtes toujours pas rentrée au bout de trois jours. C'est un ami commun qui les met en contact. Verena n'a pas envie de faire passer des castings et demande dans son entourage si quelqu'un connaît quelqu'un, etc. Anna est la seule à se présenter. Elles emménagent ensemble en avril 2014.

Vivre à deux, c'est une constellation particulière. Il n'y a malheureusement pas de troisième personne pour faire tampon en cas de conflit, mais c'est moins le désordre. C'est un peu comme vivre seule finalement. Anna est rarement là, souvent à la bibliothèque ou au Lindental. Enfin c'est ce qu'elle imagine. En vérité Verena ne sait pas où Anna passe ses journées. Elle aime le calme que ça lui offre. Elle peut réviser à la maison, personne ne fait du bruit pour rien comme dans son ancienne coloc. Ça lui plaît. Au début. Elle ne sait pas dire exactement quand ça a commencé à être différent. En juillet peut-être, oui. Anna se met à changer, et la vie de la coloc aussi. Les deux premiers mois où elles habitent ensemble elles sont souvent sur le balcon à fumer, à discuter de la fac ou de leurs histoires de mec. Anna cuisine parfois pour deux. En fin d'après-midi, entre le moment où Anna rentre de la bibliothèque et celui où elle part travailler au bar, elles se racontent leur journée. C'est facile de discuter avec Anna, et les sujets qu'elles abordent deviennent rapidement plus sérieux : leurs relations avec leurs familles ou leur peur de l'avenir.

Puis ça change. Anna change. Elle ne sort plus de sa chambre. À la fin de l'été Verena est très stressée, elle a des partiels en maths et en allemand, passe beaucoup de temps à la fac à réviser en groupe et pas assez au lac. Au début elle ne se rend compte de rien. Trop occupée par ses cours. Mais ne voyant pas Anna pendant plusieurs semaines (c'était peut-être seulement une semaine, mais ça lui a semblé long), elle se dit qu'elle devrait au moins aller frapper à sa porte. Anna ne répond pas, bien qu'elle soit vraisemblablement en train de regarder une série. La porte reste close. Anna ne passe plus par la chambre de Verena pour aller sur le balcon. Elle ne cuisine plus pour deux. Elle ne semble pas quitter sa chambre de la journée. Verena l'entend seulement sortir en fin d'après-midi, et se réveille parfois quand Anna rentre du bar le matin. Plus tard que d'habitude. Parfois elles se croisent dans le couloir. Quand Verena doit partir en cours et qu'Anna vient de rentrer. Saoule, survoltée, blablatant à n'en plus finir, ne répondant pas aux questions et finissant par aller se coucher pour se réveiller aux alentours de quatre heures de l'après-midi et repartir au Lindental.

Ce n'était pas sain comme style de vie ! À l'automne, ça empire. Anna se met à rentrer accompagnée. Plusieurs fois par semaine, elle ramène des types que Verena n'a jamais vus, souvent plus âgés, barbus, le genre alternatif, avec des piercings ou des tunnels aux oreilles.

Ça ne peut pas continuer comme ça. On doit pouvoir se sentir bien dans son propre appartement ! Pour Verena ce n'est plus le cas. Le matin elle n'ose plus sortir de la salle de bains en serviette de peur de croiser un inconnu dans le couloir. Et oui, c'est vrai, elle pense que ce n'est pas bien de coucher avec autant de mecs. Mais elle ne veut pas juger, c'est sa vie. Elle a fini par arrêter de compter, mais – Verena penche la tête en arrière, se met à calculer, les yeux au plafond –, deux à quatre mecs par semaine pendant plusieurs mois... ça doit faire plus ou moins dans les vingt-cinq, c'est énorme ! Ce n'est pas normal de coucher avec autant de mecs ! Ce n'est peut-être pas un cliché finalement ce qu'on dit sur les femmes russes.

C'était sûrement des types qu'elle rencontrait au bar. Elle devait leur payer des shots pendant la soirée et à l'aube, une fois qu'il n'y avait plus personne, c'était facile de leur proposer de rentrer avec elle. Quel type dirait non à Anna !

Oui, elle a eu envie de lui dire quelque chose. Mais quoi ? Tu peux coucher avec moins de mecs s'il te plaît ? Ce n'était pas à elle de lui dire comment mener sa vie.

En y réfléchissant, Verena n'est pas sûre qu'elle en soit restée à l'alcool. Anna semblait ne jamais dormir, elle avait maigri, mauvaise mine, des cernes. Elle prenait sûrement de la drogue. Mais elle n'a pas de preuve. C'était juste une impression.

Elle apprend l'histoire assez tard, en octobre ou en novembre. Tout Leipzig est déjà au courant. Mais comment aurait-elle pu savoir ? Anna et elle ne sont pas dans les mêmes cercles.

Si elle pense qu'Anna dit la vérité ? Verena hésite, ne répond qu'après quelques minutes. Disons qu'elle trouve ça étrange. Victime d'un viol. Est-ce qu'une femme qui a été violée coucherait avec autant d'hommes ? Elle n'a pas d'opinion. Seuls Anna et Jonas savent ce qui s'est passé cette-nuit là. C'est sûr qu'Anna allait mal à l'époque. Mais était-ce à cause de ça ? Déjà avant elle n'allait pas très bien, elle avait peur de ne pas trouver de travail comme traductrice ou interprète et n'était plus très sûre de vouloir rester dans ce domaine.

Encore une chose : c'est Jonas qui n'a pas voulu continuer, Anna, elle, aurait bien voulu le revoir. Ça lui fait donc un motif.

David vient confirmer les dires de Verena. C'est le propriétaire du Lindental. Il avait étudié pour devenir prof, mais interrompu son stage pour ouvrir ce bar à l'ouest de Leipzig. À l'époque il y avait encore un bar nazi deux rues plus loin et l'antiquaire avec ses livres à un euro était le seul magasin de la Karl-Heine-Straße. David a retapé la grande salle qui jouxtait le bar, elle accueille désormais des concerts et pièces de théâtre de la scène alternative. Ça fait des années qu'Anna travaille pour lui et oui, c'est clair qu'en tant que barman – ou barwoman, précise-t-il avec un clin d'œil –, ça picole pas mal évidemment.

David a le visage rouge et bouffi de ceux qui boivent beaucoup, il sue au niveau des pommettes, juste sous les yeux. Les shots sont interdits pendant le service et il demande à son personnel de ne pas trop boire, aussi pour des raisons de coût, et parce qu'un barman bourré ne lui servirait pas à grand-chose. Il n'a pas remarqué qu'Anna buvait plus que d'habitude à cette époque. Il ne fait pas attention à ce genre de choses, il est coulant comme chef. Tout le monde se tutoie, pour l'équipe le bar est comme une famille. Et Anna, on peut lui faire confiance. C'est la plus ancienne. Les nouveaux il les fait travailler à deux et il reste pour fermer. Mais Anna on peut la laisser seule, il lui laisse les clés sans problème.

C'est sûr que souvent ça fait tard. Deux, trois heures du matin en semaine, et les soirs de match et le week-end ça peut aller jusqu'à cinq voire sept heures du matin.

En y repensant c'est vrai que cet été-là, Anna travaille plus que d'habitude. Normalement elle prend un ou deux services par semaine mais pendant la Coupe du monde elle est là presque tous les jours, même quand elle ne travaille pas – elle s'assoit au bar à côté de lui. 2014 c'est un très bon été. Normalement ça marche mieux l'hiver, mais avec la Coupe du monde et le fait qu'ils ouvrent souvent la terrasse, la recette est meilleure que les autres années.

C'est dommage qu'elle ait démissionné, même s'il ne s'attendait pas à ce qu'elle travaille dans son bar toute sa vie. Elle va quitter Leipzig un temps, c'est ce qu'elle lui a dit. Il lui a promis qu'elle pourrait revenir travailler quand elle voudrait.

La question ne se pose pas ! Bien sûr qu'elle croit toujours la victime. Elle part toujours de ce principe. Si elle ne questionne pas Anna davantage c'est parce qu'étant son avocate, elle a eu accès au dossier de la police et à son audition. Les fausses accusations sont rares. Elle ne voit pas quel pourrait être le motif d'Anna.

Il a fait une erreur, oui. Il le reconnaît. Sa première cuite, c'est un soir de Nouvel An, Jonas a treize ans. Il passe la soirée chez un copain, on les autorise à trinquer au vrai champagne, pas avec du jus d'orange ou un équivalent pour les enfants. Ils ont droit à un verre chacun. Mais ils piquent la bouteille et la vident sans attendre. Plus tard, tandis qu'ils sont en train de pisser dans la neige, Jonas tangue sur ses jambes et a du mal à regarder devant lui. Il pense : ça doit être ça, être bourré. Il se sent très adulte sur le moment. Une heure après, ils sont au lit. Puis catastrophe : Micha et lui vomissent sur le tapis. La chambre de Micha n'est pas grande, il y a de la gerbe partout.

La deuxième fois qu'il est saoul, c'est un an plus tard. À la soirée d'une camarade de classe. Il s'essaie à la tequila et finit sur un lit mezzanine à rouler des pelles à une fille d'une autre classe. C'est son premier baiser. Un long baiser qui dure et dure – ils viennent de découvrir comment s'embrasser avec la langue et tournent comme un manège sans savoir comment s'arrêter.

S'il donne tous ces détails, c'est pour montrer que dès le début alcool et sexualité vont de pair. Ce n'est pas seulement lui que ça concerne, mais la société tout entière.

À partir de ce soir-là, Jonas boit presque tous les week-ends. Ça lui plaît. Ça lui donne confiance en lui. Il trouve presque toujours une fille d'accord pour s'embrasser. Sobre, il n'aurait jamais osé les aborder. L'alcool lève les inhibitions.

Son adolescence est marquée par l'alcool et les joints. Les seules choses un peu marrantes. À l'université ça ne change pas, c'est même mieux : plus de parents pour le surveiller. Il rentre à l'heure qu'il veut. Tout le monde fait pareil, c'est normal de boire.

Ce n'est qu'après son semestre à Kiev qu'il réalise la quantité d'alcool qu'il consomme. Au début, il ne connaît pas grand-monde et boit par ennui. Le soir, dans sa chambre universitaire, Fugazi à fond, il danse sur le faux parquet les poings levés. De retour à Leipzig, il essaie de réduire sa consommation. Les premiers temps ça fonctionne. Il retrouve Lisa pour cuisiner ou regarder un film et ne boit rien. Mais une fois l'été installé, il prend l'habitude de retrouver des ami*e*s le soir, parfois pour une bière juste, mais c'est tous les soirs et des semaines durant.

Le semestre suivant, un an après Kiev, il tombe malade, traîne une grippe pendant des semaines et se retrouve sous antibiotiques. Il prend alors conscience du mal qu'il a à ne pas boire. En soirée il est le seul à rester sobre, un sentiment étrange.

Il faudrait peut-être réfléchir à interdire l'alcool, dit Jonas. C'est une drogue bien trop acceptée, prenez les afterworks, par exemple ! D'un autre côté il suffit de regarder les États-Unis et la Prohibition pour imaginer ce qui se passerait.

S'il raconte tout ça c'est pour montrer qu'il n'y a rien de surprenant à ce qu'Anna et lui soient saouls à l'anniversaire d'Hannes. Et à ce qu'il ne se soit pas tout de suite remis en question. Pour lui, le 4 juillet c'est un soir comme les autres.

Son erreur, c'est d'avoir trop bu. Et d'avoir laissé Anna faire pareil. Il aurait dû l'arrêter. Ça ne devrait plus arriver à leur âge. À seize ans c'est une chose, à presque trente c'en est une autre !

Par contre il n'a rien fait sans son consentement. Il lui a demandé s'il devait aller chercher une capote. Elle a répondu oui. À un moment il lui a même demandé si ça lui plaisait et elle a acquiescé. Vraiment il ne comprend pas d'où sort cette accusation.

Il se sent comme Otto von F., le héros de *Moscoviada* d'Androukhovytch, sur lequel il écrit sa thèse. Son errance dans les sous-sols de Moscou semble sans fin, comme celle d'Ulysse dans l'*Odyssée*, il se perd de plus en plus loin. Otto von F. finit dans les égouts où il est abattu, tandis que la ville est ensevelie sous les eaux. Oui, tout ne faisait qu'empirer. Il ne savait pas s'il y aurait un procès, et dans ce cas, quelle peine il recevrait.

À cette époque sa vie est déjà ruinée. Tout ce qu'il a construit ces dernières années s'effrite entre ses doigts. Ses amis, son travail, sa réputation. Parce qu'il a trop bu un soir d'été.

Même sa famille ne peut plus vivre normalement. Sa mère, par exemple, au supermarché on ne la salue plus. Un jour, elle s'est fait insulter et cracher dessus pour être la mère d'un violeur. Mais jusqu'où ira cette société ?

Il veut servir d'exemple. Depuis qu'il a été auditionné par la police, il ne boit plus. Il faut que ça change. Il ne veut pas que la même chose arrive à quelqu'un d'autre. Qu'une simple nuit décide du restant de votre vie.

— L

Elle n'a rien voulu de tout ça. Elle aurait aimé ne jamais avoir porté plainte comme ça personne n'aurait rien su. Pour elle, il ne s'agit pas de punir Jonas. Non. Anna veut des excuses. Elle veut qu'il la regarde dans les yeux et dise : je t'ai violée, je suis désolé.

Jamais elle ne s'était attendue à tout ça.

Jonas est convoqué. Pas par les flics, non, par le collectif du M16. Ça le surprend. On est fin novembre, début décembre peut-être. La dernière fois qu'il y a été c'était pour la déclaration d'impôts pendant l'été. Puis il y a eu les vacances, et quand la fac a repris il était débordé et n'a pas trouvé le temps d'y aller. Il donnait un cours d'Introduction qui lui demandait beaucoup de travail – ils discutaient chaque semaine trente pages de théorie au moins, et généralement seules deux personnes avaient lu les textes. Il se sentait comme un prof de collège, prêchant la narratologie et la sémiotique.

Cette fois on ne le convoque pas par lettre mais par message. C'est Nina qui lui écrit : il est invité à venir au plénum de mercredi, on lui offre l'occasion de s'exprimer sur les accusations dont il fait l'objet. Sur le moment, Jonas ne fait pas le lien entre le M16 et la plainte d'Anna. La phase pendant laquelle tout le monde ne parlait que de cette histoire de viol s'est calmée. Le nom de la victime présumée a fini par fuiter. Les gens ont continué à spéculer sur le nom de l'horrible violeur, mais le sien n'a pas circulé – pas qu'il sache. On penche plutôt pour un client du bar où Anna travaille, peut-être un collègue, voire son chef. Beaucoup ont oublié qu'Anna et lui se connaissent. Après tout, le temps qu'ils ont passé ensemble est assez court. Beaucoup de gens les ont vus discuter à la fête, oui, mais trois mois plus tard, personne ne fait le lien entre l'anniversaire d'Hannes et le soir où Anna a été violée.

Son nom arrive sur la table à la fin de l'automne. Jonas n'essaie pas de comprendre pourquoi ou par qui. Ça ne sert à rien d'essayer de remonter à la source d'une rumeur. Elles ne s'ancrent nulle part.

N'a-t-il vraiment aucune idée de qui a rendu son nom public ? Non, ça peut être n'importe qui parmi les personnes qui les connaissent Anna et lui, peut-être que ça a échappé à l'une d'elles sans qu'elle ait pensé à mal. Bien que, bon, il n'en ait parlé qu'à Momo et Hannes. Et Hannes ne lui ferait pas ça.

Jonas enchaîne rapidement. En tout cas Nina, ou quelqu'un d'autre du M16, a appris qu'il était le violeur présumé. Mais pourquoi ils voulaient en discuter en plénum et pourquoi il devait s'y rendre, aucune idée !

Ils en ont discuté longtemps. Ce n'était pas une décision prise à la légère – si c'est l'impression que ça donne. Une personne s'est plainte. Nina refuse de donner son nom.

À l'époque, Nina fait partie du M16 depuis presque aussi longtemps que Jonas. Nina et ses tunnels noirs aux oreilles, ses opinions tranchées, qui parle vite. Jonas et elle se connaissent depuis des années, ils ont souvent travaillé ensemble, au bar ou à l'entrée, sans pour autant se lier d'amitié.

La personne en question ne veut plus appartenir à un groupe dont Jonas fait partie, elle ne veut plus discuter en plénum avec lui, ne veut plus s'occuper du bar avec lui. Elle n'est pas en train d'exiger quoi que ce soit, elle exprime juste un besoin.

Ils sont bien obligés de réagir et en discutent longtemps. Au départ cette personne est seule à exprimer cette opinion. La plupart ne savent même pas de quoi elle parle.

Nina se souvient du premier soir où il en a été question. Normalement les plénums durent deux heures, maximum, on se répartit les tâches : qui s'occupe des toilettes ? qui s'occupe de l'entrée ? C'est rare qu'on discute de choses de fond. Mais ce soir-là, ça dure jusqu'à la nuit tombée. Il n'y aura qu'une seule pause pendant laquelle ils sortent fumer dans le jardin. Des petits groupes se forment selon les avis. On continue de discuter du sujet en tirant nerveusement sur sa cigarette.

La personne explique qu'elle n'a pas envie de faire partie du même groupe qu'un violeur. Quelle ne veut plus jamais se retrouver dans la même pièce que lui. Au départ personne ne dit rien. Puis quelqu'un lance : il n'y a pas de preuves. Ce ne sont que des accusations. Parole contre parole.

Il n'y a pas de preuve, certes, répond la personne, mais elle a pour principe de toujours croire la victime. Par ailleurs elle sait de source sûre qu'Anna ne ment pas.

C'est via cette personne que Nina apprend qu'il s'agit de Jonas. Elle avait entendu parler de l'histoire et s'était demandé qui pouvait être le violeur et si elle le connaissait.

La personne continue : elle-même a déjà vécu quelque chose de similaire, elle a fait l'expérience de violences sexuelles, et Jonas est un trigger pour elle. Silence.

Quelqu'un demande : un quoi ?

Le fait de voir Jonas va automatiquement déclencher en elle des souvenirs d'expériences traumatiques, répond la personne.

Quelqu'un propose : on devrait interdire à Jonas de remettre les pieds au M16. C'est un safe space ici, s'emporte une autre personne. Les violeurs n'ont rien à y faire.

Pour Nina, tout va trop vite. Elle ne se remet toujours pas du fait que Jonas puisse être le coupable. Au début elle ne dit rien – elle doit d'abord digérer ce qui est en train de se passer. Elle se rappelle être devenue rouge et s'être mise à trembler, des tremblements légers, dans tout le corps, qui ne s'arrêtaient plus, que personne n'a remarqués et qui ont duré des heures, jusqu'à ce qu'allongée dans son lit, elle retrouve un peu de calme.

Lors du premier plénum, Nina est contre le fait d'exclure Jonas. Elle le défend. Enfin pas Jonas directement, mais le fait d'en débattre. Elle n'est pas en mesure d'émettre un jugement et ce n'est pas au groupe de le faire. En plus, ça fait des mois que Jonas ne vient plus donc ça ne sert à rien d'en discuter.

C'est encore pire, répond la personne. Ne pas savoir quand est-ce qu'il va revenir. Il pourrait débarquer à tout moment, maintenant même. Peut-être qu'il est juste en retard. Il n'a pas dit qu'il ne venait pas en tout cas. Nina exclut cette possibilité d'un geste. La personne lui dit qu'elle se fait la complice de la culture du viol. Nina garde le silence. À l'époque elle ne comprend pas ce que ça veut dire.

Ils discutent pendant des heures encore, sans aboutir à une décision.

Lorsqu'ils en reparlent une semaine plus tard, Nina a changé d'avis. Bien sûr que quiconque connaît Jonas ne s'attendait pas à cela. C'est quelqu'un d'ouvert, de réfléchi. Mais il ne s'agit pas de ça. Il s'agit de prendre au sérieux la victime, de croire Anna. Si elle dit qu'elle a été violée, il faut la croire et arrêter de parler de fausses accusations comme les autres.

Elle s'est renseignée : statistiquement les fausses accusations représentent seulement trois pour cent des plaintes. Et de toute façon le problème ça reste les viols eux-mêmes ! Et le fait que si peu de femmes portent plainte. Seulement cinq pour cent des viols sont déclarés à la police, cinq pour cent ! Vous imaginez combien il y en a en réalité ?

Quant aux viols qui sont dénoncés et qui bénéficient d'un procès, moins d'un cinquième conduisent à une condamnation. Vous imaginez ? Nina continue d'un trait. Sans compter les procédures abandonnées en cours de route. C'est important et courageux de la part d'Anna d'avoir porté plainte. C'est pour ça qu'il faut la soutenir, parce que tous ces chiffres portent à dire qu'elle ne ment pas. Oui, Nina a appris beaucoup de choses. Que nous vivons dans une société de la *rape culture*. Que le viol est un problème structurel – pas individuel. Que la société est une société patriarcale. Que oui, il y a aussi des hommes qui sont victimes de viol, mais que la majorité des agresseurs – même dans le cas où la victime n'est pas une femme – sont des hommes. Que l'on perpétue un discours bardé de mythes : la femme violée par un inconnu dans une ruelle sombre, le fait que les femmes sont responsables de ce qui leur arrive, qu'elles ne devraient pas porter de jupes courtes, ou que les victimes de viol sont des filles jeunes et belles. Tout ça est faux. La plupart des viols sont commis par un ami, une connaissance, un membre de la famille. Le cas d'Anna et Jonas n'a rien d'inhabituel.

Les affaires célèbres, dont se sont emparés les médias, en sont le parfait exemple : dans le cas de Strauss-Kahn par exemple, on ne commençait jamais par demander : est-il coupable ? mais : est-ce qu'elle ment ?

C'est une question de solidarité. Bien sûr que Nina apprécie Jonas, ce n'est pas le sujet. Mais rien que d'un point de vue féministe, elle se doit d'être du côté d'Anna. Ils sont suffisamment de gens à parler dans son dos et dire qu'elle a tout inventé. Or les statistiques disent le contraire.

En tout cas pendant le plénum il est une chose sur laquelle toutes et tous s'accordent : avant de l'exclure du M16, Jonas doit pouvoir bénéficier d'une occasion de s'exprimer.

Nina lui envoie un message.

Pourquoi devrait-il s'exprimer ? C'est la première fois que Jonas s'emporte de la sorte. Qu'est-ce que le M16 a à voir avec ça ? Avec lui ? Pourquoi ces gens viennent s'en mêler ? D'où ils se prennent pour un tribunal ? Rien que l'idée d'y aller ! De toute façon ils ne le croiront pas. Le verdict est tombé. C'est une chasse aux sorcières. Il n'est plus qu'un gibier.

Il n'y va pas, bien sûr. Si des poursuites devaient être engagées, il irait devant un juge, et aux dernières nouvelles le M16 n'est pas un tribunal. Juste un tas de jeunes radicaux avec qui il a travaillé autrefois. Ce n'est pas à eux de le juger. Ça ne les regarde pas. Et même s'il était coupable, d'où est-ce qu'on lui interdirait l'accès au lieu ? Qu'est-ce qui leur en donne le droit ?

Que des inconnu*e*s passent leur temps à parler de lui, il s'en fout. Mais que ses propres collègues, son propre cercle lui plantent un couteau dans le dos ! C'est inacceptable. Camarades, mon cul.

Ça ne joue pas en sa faveur qu'il ne vienne pas au plénum. On lui donnait une chance qu'il n'a pas saisie. Apparemment ça ne l'intéresse pas d'en discuter. C'est à ce moment-là que Nina bascule définitivement du côté d'Anna. Il faut respecter la personne qui a exprimé son besoin, pour qui Jonas représente un trigger. Protéger les victimes reste le plus important. Toutes et tous ont le droit de se sentir en sécurité. C'est leur devoir, en tant que militants et militantes, de garantir un espace où tout le monde se sente bien. Or, si Jonas était là, ça ne serait plus le cas.

Nina en est désolée. Mais il n'y a pas d'autre issue. C'est la seule chose à faire. Ils ne peuvent pas faire comme si de rien n'était, comme si les accusations n'existaient pas.

Elle est déçue oui, qu'il ne vienne pas. On ne le lui propose pas deux fois et l'informe de son exclusion du groupe et de l'interdiction de revenir au M16 pour une durée indéterminée. Là encore, Jonas ne répond pas.

C'est ridicule. Cette lettre qu'ils lui écrivent. Deux pages pour expliquer pourquoi il n'a plus le droit de se rendre au M16. Il ne va pas mentir : ça fait mal, oui. Après des années de travail bénévole il se retrouve exclu à cause d'une simple rumeur. Tout ce temps qu'il a investi : le bar en briques qu'il a construit, le nombre de fois où il a récuré les chiottes, fait la déclaration d'impôts. Et puis les bons souvenirs : les soirées devant le vidéoprojecteur à enchaîner jusqu'à cinq épisodes de *Twin Peaks* – sur le chemin du retour il avait peur, imaginait Bob, de la série, marcher juste derrière lui. Et puis cette soirée loto où il a bu trop de moscow mule, obligé de faire une pause pour vomir avant de continuer à picoler. Les premières années au M16 ont été les meilleures. Qu'il n'ait plus le droit d'y aller n'est pas si grave, ça ne change pas grand-chose à son quotidien – en un an il n'y est presque pas allé –, mais que son travail ne soit ni rétribué ni reconnu, qu'on ne lui accorde aucun crédit, que la parole d'Anna ait tant d'importance et la sienne aucune...

L'interdiction d'accès au M16 n'est que le début. Son nom circule, les gens se mettent à le regarder bizarrement, on ne le salue plus. Un événement en particulier montre à quel point sa vie est mise à mal.

Ce jour-là, comme tous les autres jours, il va se chercher un café en face de la bibliothèque. D'habitude il s'installe sur les marches de l'Albertina pour le boire, fumer une cigarette, discuter avec des connaissances, mais il pleut. Il s'assoit à une table. C'est le matin, il y a peu de monde. La plupart des étudiant*e*s sont en cours. Deux filles assises une table plus loin chuchotent en le regardant méchamment. Ça le stresse. Il essaie de lire le journal sur son téléphone mais n'arrive pas à se concentrer. L'une d'elles vient vers lui, explique que sa présence la met mal à l'aise et lui demande de quitter le café. Jonas est bouche bée. Sans réfléchir il répond non. Rien d'autre. Et continue de fixer son téléphone. La fille ne bouge pas, le regarde toujours. L'autre a entendu sa réponse qui n'a pas non plus l'air de lui plaire. Elle se plante à côté de sa copine et lui demande à son tour, plus fort et bien moins poliment, de dégager. Sur le moment, Jonas ne sait pas comment réagir. Il ne va pas bien. Il est stressé depuis des semaines, dort mal. Il part. Ce n'est pas qu'il cède à leur demande ou qu'il pense qu'elles ont le droit de le virer d'un lieu public, c'est juste qu'il n'a pas la force de discuter, de s'exposer au jugement de parfaites inconnues. Il n'a jamais pleuré de sa vie. Rarement en tout cas. Mais ce jour-là, ses yeux se remplissent de larmes. Mélange de colère et d'épuisement.

Un soir où Anna assiste à une lecture, une fille de son âge vient la trouver, dit qu'elle doit lui parler. Anna oublie rarement un visage et elle est sûre de ne pas connaître cette fille. C'est l'un des premiers soirs où elle ressort cet hiver-là. Pas juste pour aller travailler au bar. Non, pour faire quelque chose pour elle. Elle n'a demandé à personne de l'accompagner. Ça la rend fière, être enfin parvenue, après tous ces mois, à ressortir en public sachant qu'il y aurait des visages connus à cette lecture, dont elle croiserait le regard. À ce moment-là le nom de Jonas a déjà été rendu public. Elle a peur. Peur que les gens ne la croient pas et se rangent de son côté à lui.

L'autrice invitée vient lire un extrait de son dernier roman sur le travail du sexe. Il a beaucoup fait parler les semaines précédentes. Anna s'attend à ce que le débat soit animé, c'est le cas. L'autrice fait face à de nombreuses critiques. Le public attend qu'elle justifie sa position ou celle de ses personnages, mais elle s'y refuse, même lorsque les questions sont répétées avec insistance, suscitant alors toujours plus de colère.

Après la lecture, cette fille, donc, avec sa veste Adidas et sa frange absurdement courte, vient voir Anna. Elle aurait dû écouter son intuition. C'est l'une des rares choses qu'elle a apprise du 4 juillet : se fier à son instinct. Partir si l'on ne se sent pas bien. Elle n'aurait pas dû se laisser entraîner. La fille, qui se prénomme Frida, parle vite et bas : elles ont fondé un groupe de soutien pour Anna et sont là pour elle, si elle a besoin de parler de ce dont elle a fait l'expérience.

Anna ne comprend pas ce que veut cette fille. L'expérience ? demande-t-elle. Les violences sexuelles dont elle a fait l'expérience, répond Frida.

Anna est sans voix. Dont elle a fait l'expérience ? Qu'elle a subies, éventuellement. Et puis viol dans tous les cas serait le bon mot, violences sexuelles, oui, bon, mais faire l'expérience ? Comme si le mot « viol » était tabou. Comme le *n-word*, qu'on n'a pas le droit de prononcer. Autocensure. Avant qu'Anna ne puisse ajouter quoi que ce soit, Frida lui explique que le groupe de soutien va s'assurer que ce genre de choses ne se reproduise pas, et surtout pas sur la scène, comme elle dit. Quelle scène ? pense Anna. Frida continue : Anna a le droit de se sentir à l'aise où bon lui semble et de ne pas risquer d'être *triggered*. Ils ont interdit à Jonas de revenir et peuvent essayer de convaincre d'autres lieux de faire de même si elle le souhaite.

Elle devrait dire non, lui demander de la laisser tranquille, que ce qui leur passe par la tête ça ne la regarde pas, qu'elle ne voulait pas qu'on apprenne qu'il s'agissait de Jonas, ni qu'il soit exclu d'où que ce soit. Elle veut juste qu'on la laisse tranquille !

Mais, comme toujours dans ces situations, les mots ne lui viendront que plus tard. À ce moment-là, coincée entre deux étagères – Frida lui bloque la sortie –, Anna ne peut que secouer la tête, incrédule, et dire : OK, je comprends. Même si elle ne comprend rien et qu'elle ne comprendra d'ailleurs jamais ce que cette fille entendait exactement par scène. La scène de gauche ? La scène étudiante ? Qui sont ces gens ? De quel groupe parle-t-elle ? Pourquoi se retrouve-t-elle à discuter du viol dont elle a été victime avec de parfaites inconnues ?

Elle n'écoute plus, dit : oui, peut-être que je passerai. Incapable de prononcer un non catégorique, comme chaque fois. Frida lui fourre un bout de papier dans la main : Support Awareness Group, suivi d'une adresse e-mail et d'un numéro de téléphone.

Les gens sont des brutes, déclare Hannes. Cruels. Faux-culs. Ils adorent trasher, parler sur les autres sans se soucier des conséquences, que ça puisse faire du mal. Que ça blesse Anna. Et Jonas.

Les choses s'étaient tassées à l'automne. Mais lorsque le nom de Jonas est rendu public et qu'il se retrouve blacklisté du M16, ragots et messes basses se déchaînent jusqu'à Noël. Des camps se forment : Anna contre Jonas. Il faut choisir.

D'un coup, c'est comme si tout le monde avait été là le 4 juillet. Et tout le monde est devenu expert*e* en viol. Un jour, Hannes entend deux étudiantes se disputer au sujet de la teneur exacte de l'article 177 du Code pénal. Si un non suffit ou s'il faut s'être défendue physiquement pour que l'acte soit qualifié de viol juridiquement. S'il se rappelle bien, un non ne suffit pas, c'est ça ? C'est ça.

Hannes n'est dans aucun des deux camps. Il ne peut en être autrement. Il est le trait d'union entre Anna et Jonas, en tout cas l'a été. Car il n'y a plus de liens désormais. Seulement des murs derrière lesquels les gens se tiennent à l'affût du prochain scandale à commenter. Les mêmes qui attendent qu'il prenne parti. Car Hannes semble bénéficier d'une position souveraine, il en sait nécessairement plus que les autres puisque c'était sa fête et qu'il les connaît bien. Lorsque les gens se mettent à en parler, il essaie de changer de sujet mais chaque fois sans succès. Désormais il se contente de s'en aller.

Que pense-t-il de la décision du M16 ? Il n'est pas sûr. Était-ce vraiment ce qu'il fallait faire ?

Une fois la machine lancée, impossible de l'arrêter. Anna ne se rend pas au Support Awareness Group qu'on a créé pour elle. Pourquoi devrait-elle parler à des gens qu'elle ne connaît pas ? De toute façon elle n'a pas envie d'en parler tout court.

Daria lui suggère d'entamer une thérapie, mais ce qui lui fait le plus de bien pour le moment c'est de ne pas en parler et de se changer les idées. Ce n'est sûrement pas bon sur le long terme. Il faudrait qu'elle s'y confronte. Pour l'instant elle n'en est pas capable et travaille autant que possible au Lindental à la place.

La machine a des accrocs : un jour, une connaissance d'Anna vient lui parler. Elles se connaissent de la fac, se sont toujours bien entendues sans pour autant avoir l'occasion de passer beaucoup de temps ensemble. La fille lui dit qu'elle ne trouve pas ça cool d'avoir interdit le M16 à Jonas. Ce genre de petite vengeance n'a pas sa place dans un État de droit.

Le bruit court que c'est Anna qui a demandé à ce que Jonas soit blacklisté du M16. Son but serait de l'isoler au maximum. Il lui semble soudain que partout où elle va, les gens la dévisagent avec mépris.

Elle a de moins en moins la force de s'énerver, les balles rebondissent sur elle comme sur un mur désormais.

Bien qu'au départ elle n'était pas sûre d'elle, Nina reste fidèle à son opinion. Ils ont fait ce qu'il fallait faire. On doit croire la victime. Si Anna a ressenti ça comme un viol, c'en est un.

C'est dommage qu'elle n'ait pas accepté leur proposition de groupe de soutien. Elles faisaient ça pour elle. Et pour les futures victimes, ou plutôt pour éviter qu'il y en ait !

Le M16 n'est que le début. Maintenant tout le monde sait qu'on peut être tranquille là-bas, que c'est un abri, un safe space au sein de cette société de merde.

Jonas n'est pas quelqu'un de mauvais, il a fait quelque chose de grave, c'est différent. Anna insiste : il n'est pas le diable et ne devrait être traité comme tel. Non, elle ne pourra sûrement jamais lui pardonner.

Elle a l'habitude qu'on pense des méchancetés et des trucs faux à son sujet, mais qu'Hannes le fasse aussi, elle ne l'aurait pas cru. Certes, c'est elle qui a mis fin à leur amitié. Mais elle l'a rapidement regretté. Il lui manque. En décembre elle décide de reprendre contact et lui écrit. Elle aimerait juste aller boire un verre, un soir, passer à autre chose. Au début il répond, mais il a toujours une excuse : il a déjà un truc de prévu ou juste pas le temps. Puis plus rien.

C'était donc ce qu'il fallait faire, mettre un point final à leur amitié. Même si ça fait mal. C'est parce qu'il ne la croit pas ? Qu'il est du côté de Jonas ? C'est pour ça qu'ils ne se revoient pas ?

Puis c'est pire : Hannes se met à l'éviter. Un jour, Anna tombe sur lui dans la rue à Connewitz, devant la librairie. Il dit qu'il est pressé. Une autre fois elle l'aperçoit dans la Bornaische Straße. Il change de trottoir. Anna est sûre qu'il l'a vue et qu'il a préféré regarder dans l'autre direction, mais peut-être qu'elle se fait des films. Peut-être qu'elle est parano.

Voit-il à quoi Anna fait référence ? Pas du tout. C'est elle qui a décidé de couper les ponts. Hannes s'est contenté d'accepter. Non, elle ne lui a pas réécrit après. Sinon il l'aurait vue, bien sûr. Il n'est du côté de personne si c'est ce que la question sous-entend. À l'époque les gens se disent qu'il est du côté de Jonas vu qu'il ne parle plus à Anna, mais c'est faux, raconte-t-il, agacé.

Le M16, Jonas peut s'y faire. Que les gens changent de trottoir en le voyant aussi. Mais en mars, c'est le coup de grâce. Dans la lignée du Support Awareness Group se forme un groupe étudiant contre les violences sexuelles dans les établissements d'études supérieures. Il n'a rien à redire à cela. Sauf qu'ils s'en prennent à lui.

Jonas travaille depuis près d'un an comme assistant de recherche à l'université de Leipzig. Son poste lui demande beaucoup de temps, il n'a pas avancé sur sa thèse entre les cours à donner et la correction des devoirs. Il regrette de ne pas avoir postulé à une bourse de doctorat. Il aurait pu lire et écrire tranquillement à la bibliothèque plutôt que d'interagir sans cesse avec d'autres gens.

Son contrat est à durée déterminée, comme c'est le cas dans toutes les universités allemandes : il s'agit de contrats souvent mal payés, prévus pour deux, parfois quatre semestres. Il ne connaît personne en CDI. Ça n'existe qu'en rêve. Même si ces contrats sont renouvelés chaque année – ce n'est qu'une formalité –, demeure toujours cette même incertitude.

En mars 2015, le contrat de Jonas n'est pas reconduit. Son chef, le professeur Melián, est difficile à joindre – il est parti un mois en voyage de recherche au Kirghizstan et ne répond pas aux mails. Jonas savait que son contrat s'arrêtait officiellement en mars, mais il s'attendait à ce qu'il soit renouvelé, comme ça avait été le cas jusque-là. Il a oublié de demander à son chef avant qu'il ne parte.

C'est la secrétaire qui lui écrit. Il n'ont plus les fonds nécessaires pour le poste. Rarement dans sa vie Jonas a été aussi furieux. Il n'est pas colérique de nature et ses accès de colère se comptent sur les doigts d'une main. Pour lui c'est clair : la vraie raison ce sont les accusations d'Anna. Ce n'est pas simple d'être un délinquant sexuel présumé dans cette société.

— M

Jonas attend. Puis, le 1er avril 2015, il va s'inscrire à l'agence pour l'emploi. La vie qu'il menait encore un an auparavant lui file entre les doigts comme du sable. Il n'a plus de travail, attend toujours la décision du procureur, la plupart de ses amis l'évitent. Il a l'impression que ça n'ira jamais mieux, au contraire.

L'agence pour l'emploi est au bout du monde, ça prend presque quarante minutes en tram. C'est la première fois qu'il y va. Après ses études il a tout de suite décroché ce poste à Leipzig et n'a jamais eu de problème d'argent. Sur place, c'est comme dans toutes les institutions : il faut prendre un numéro et patienter. Normalement à Leipzig les temps d'attente dans les bureaux sont plus courts que dans les autres villes. Jonas ne saurait dire pourquoi, mais ça se ressent. Dans le quartier de Connewitz par exemple, à la mairie du Wiedebachpassage, vous n'avez même pas le temps de vous assoir : ça bipe, vous regardez le chiffre rouge sur le tableau, celui sur le ticket dans votre main : le même. Peut-être parce que la ville est très étendue ou parce que beaucoup sont partis après la chute du Mur, bien qu'il ait lu récemment que Leipzig est la ville allemande qui compte le plus de nouveaux arrivants. Ça ne devrait donc pas rester longtemps comme ça.

Cependant, dans une ville avec autant de chômage, Jonas s'est préparé à patienter un moment. Aussi, ce mercredi-là, il fait exprès d'y aller tôt. La personne chargée de son dossier est furieuse, il aurait dû se signaler il y a trois mois au moins ! C'est obligatoire de se signaler dès qu'on est licencié. Il n'a pas été licencié, son contrat n'a pas été renouvelé. Il ne l'a appris qu'au dernier moment. La personne ne l'écoute plus, recopie les informations de sa carte d'identité. Elle n'a pas d'autre choix que de l'envoyer voir une sorte de responsable des dossiers urgents, sans ça, ça ne fonctionnera pas. Ce qui ne fonctionnera pas exactement, Jonas ne le saura pas. Il se retrouve face à une nouvelle chargée de dossiers qui se révèle encore moins sympathique que la précédente.

Qu'est-ce qu'on fait avec ce qu'il a étudié ? demande-t-elle. On travaille à l'université ou dans une institution comme chercheur ou collaborateur scientifique. La chargée de dossiers urgents lui tend un document qu'il doit signer. Jusqu'ici Jonas n'a pas eu beaucoup de rapports avec l'agence pour l'emploi mais on lui a conseillé une chose : ne surtout pas signer ce type de papiers qui facilitent ensuite l'application de sanctions et la réduction des indemnités. Jonas répond qu'il veut le lire tranquillement chez lui avant de signer. La chargée de dossiers urgents s'énerve, ce n'est pas possible. Elle n'a pas d'autre choix que d'émettre une décision administrative, il devra suivre un dispositif. Jonas n'a aucune idée de ce dont elle parle, mais la conversation s'arrête là. Il peut rentrer chez lui et devra revenir dans une semaine.

Il est furieux, frustré, ne comprend pas ce qui vient de se passer. De retour chez lui il cherche sur Google les termes qu'elle a employés et tente de trouver son chemin dans l'univers des forums consacrés au sujet. Il tombe sur quantité de sigles et conseils pour obtenir un arrêt maladie. Jonas finit par trouver ce qu'il cherche : puisqu'il n'a pas signé le document, il a été redirigé vers un dispositif pour chômeur longue durée : chaque semaine il faudra qu'il se rende à l'agence ou à un salon pour l'emploi sinon il sera ponctionné sur ses indemnités.

Il s'était imaginé le chômage autrement. Il pensait qu'il pourrait enfin se concentrer sur sa thèse, l'esprit libre, enfin débarrassé des cours. Mais qu'est-ce qu'il croyait ? Jamais il n'aura l'esprit libre à Leipzig. Il avait réfléchi à partir un moment, rentrer à Francfort chez ses parents ou passer voir des amis à Berlin. Mais maintenant il doit se rendre toutes les semaines à l'agence.

Et il attend toujours la décision du procureur. Avril 2015, cela fait presque neuf mois qu'Anna a porté plainte.

Maître Leonard explique qu'il est normal d'attendre aussi longtemps. La police est en sous-effectif, les agents s'occupent de plusieurs affaires en même temps, traitant en priorité celles où les suspects sont en détention provisoire, ce qui fait descendre les autres dans la pile de dossiers. Elle ne peut pas non plus dire combien de jours durera l'audience, peut-être un, peut-être trois, sachant que ça peut aussi durer des mois.

Parfois, Anna oublie qu'elle a porté plainte. Son avocate a dit qu'elle la tiendrait au courant mais il ne se passe rien de tout l'hiver. Au printemps, les choses se tassent.

Elle regrette, oui, d'avoir porté plainte. Elle déteste avoir l'impression que tout le monde est au courant, les regards de pitié qu'on lui lance. Un jour, à la caisse, une fille de son âge la laisse passer devant elle après l'avoir regardée des pieds à la tête. Anna se demande si c'est parce qu'elle l'a identifiée comme la victime de viol dont tout le monde parle.

Elle déteste la pitié. Elle ne supporte pas ces regards. Elle aimerait hurler aux gens de s'occuper de leurs affaires, mais alors elle serait la folle, en plus d'être la victime de viol.

Elle travaille au Lindental autant que possible. Elle a besoin de se changer les idées et n'a pas envie de retrouver des gens comme avant. La seule qu'elle a envie de voir c'est Daria.

Elle n'est pas bien quand elle est seule, pas bien quand elle voit du monde. Le Lindental offre la solution parfaite. Il y a toujours quelque chose à faire, rien ne l'oblige à parler à qui que ce soit, on lui commande une bière, elle hoche la tête, tend le verre, annonce le prix, encaisse.

Elle se souvient du premier. Daniel. Il est un peu plus âgé qu'elle et insiste pour lui payer un verre. Elle commence par dire non, elle ne boit pas au travail, il rit en indiquant la bière dans sa main. Elle est bien obligée de sourire.

Il ne lui plaît pas, il a des pattes et un chapeau bizarre, mais elle se laisse convaincre. D'accord, mais un seul.

Ils boivent un shot de liqueur – un pfeffi – moins fort qu'un schnaps. Elle prévoit d'en rester là mais il se fait tard et le type a un certain charme. Il n'est pas insistant, plutôt intéressé. Elle aime qu'il ne la connaisse pas, qu'il n'appartienne à aucun camp et ne voie pas la victime en elle. Elle peut décider de qui elle a envie d'être, s'inventer une nouvelle identité. Elle pourrait dire qu'elle s'appelle Diana, qu'elle est la fille de deux médecins (anesthésiste et généraliste), qu'elle s'est rebellée contre ses parents qui voulaient qu'elle suive la même voie et que c'est pour ça qu'elle travaille dans un bar. Qu'elle a des dettes à éponger après avoir parié sur la France lors du match contre l'Allemagne et qu'elle doit travailler jour et nuit désormais. Mais elle ne dit rien de tout ça. Elle lui donne son prénom et dit ce qu'elle a étudié, rien qui lui permette de prétendre la connaître. Elle peut encore être qui elle a envie et apprécier ce qu'il voit en elle. Une belle jeune femme.

C'est si facile. Bien qu'elle lui répète qu'il faut qu'il y aille, qu'elle doit encore nettoyer, il reste au bar et finit par l'aider. Il saute par-dessus le comptoir, cherchant clairement à l'impressionner – il aurait pu simplement passer par les petites portes battantes, comme tout le monde. Elle trouve ça drôle, mignon.

Ce qu'il y avait de mieux dans tout ça, c'était de pouvoir mettre son cerveau en veille. Ce soir-là elle est ivre et son monde se résume pour un temps à ce bar et ce type qui s'appelle Daniel. Le reste n'existe plus.

Anna ferme la porte du Lindental. Daniel est juste à côté d'elle. Ils s'embrassent. Elle ne se rappelle plus si l'un ou l'autre a demandé où aller, elle s'est contentée de le suivre, il habitait dans l'ouest. Peut-être qu'elle a dit un truc du genre : chez moi ça fait loin, une demi-heure à vélo, voire plus dans mon état.

Bien sûr le sexe est nul. Les coups d'un soir ce n'est jamais bien. Anna se surprend. Elle pensait que jamais elle ne pourrait refaire l'amour après le 4 juillet. Qu'il faudrait qu'elle fasse une thérapie pour retrouver confiance et être de nouveau bien dans sa peau. Elle ne se l'explique pas. Mais elle n'a pas non plus envie de se justifier. C'est comme ça, c'est tout. Possible que faire confiance aux autres soit devenu un problème, mais ce n'en est pas un avec ce type. Les règles sont claires : toi et moi, ce soir, et pas question de se revoir.

Coucher avec ces types l'aide à renouer avec son corps. Elle sent qu'elle est là, qu'elle existe. Daniel est le premier d'une longue série. Ça se passera toujours de la même manière. Si facile.

Son avocat lui a conseillé de ne pas témoigner et de ne pas entrer en contact avec elle. Jonas témoigne quand même. Il n'a rien à cacher, il dit la vérité, et oui, pour être honnête, il se pense plus intelligent que la police. Il ne les laissera pas le piéger ou déformer ses propos.

Concernant Anna, c'est simple : à part cette fois au supermarché, il ne l'a jamais revue. C'est étrange d'ailleurs, l'année précédente ils se croisaient tout le temps, et soudain plus du tout. Mais qui sait, peut-être qu'elle fait exprès d'éviter les lieux où il a l'habitude d'aller. Sans doute qu'elle n'arriverait pas à le regarder dans les yeux.

Il aimerait bien la croiser pour lui dire comment il se sent et ce qu'elle lui a fait.

Il n'aurait jamais pensé que le jour où ils se reverraient ce serait dans une autre ville.

Anna est à Berlin pour rendre visite à sa sœur. Elle avait besoin de sortir de Leipzig, de se changer les idées, et c'est l'occasion de voir enfin le jardin ouvrier que Daria partage avec des potes. Elles ont prévu de passer une nuit dans le petit abri s'il fait assez chaud.

Lorsque Daria lui a parlé du jardin, Anna a eu du mal à y croire : plus allemand et petit-bourgeois, on ne fait pas. Mais Daria déborde d'enthousiasme, et Anna finit par comprendre ce qui lui plaît tant. Ils sont plusieurs à s'occuper du jardin, c'est un bel endroit, où s'échapper un temps de la frénésie de Berlin sans pour autant devoir sortir de la ville. Le jardin est juste à côté du Tempelhofer Feld. Impossible, normalement, d'obtenir un jardin à l'intérieur du Ring ! Les rares encore disponibles ont vu leur prix exploser, comme tout à Berlin ces dernières années. Il faut connaître des gens pour en obtenir un. Ralf, un ami de Daria, connaissait justement une femme au bureau de l'association. Il a bu quelques verres avec elle après une réunion. C'est ainsi qu'ils se sont retrouvés en haut de la liste d'attente. Quelques mois plus tard, un petit jardin se libérait.

Daria et ses ami*e*s l'ont joliment aménagé : un hamac, un cerisier en fleurs. On y croise toujours du monde venu se reposer quelques heures.

C'est Ralf qui propose d'aller à Treptower Park. Anna serait restée dans le jardin sinon. C'est le 9 mai 2015 et, comme chaque année, une fête a lieu près du Mémorial soviétique pour célébrer la victoire des Alliés sur les nazis. En Russie c'est un jour férié important.

Anna pourrait passer la journée à fumer dans le hamac, mais Daria veut absolument y aller, voir ce qui s'y passe. Leur parents leur ont raconté les parades organisées du temps de l'Union soviétique, les chars, les fleurs qu'on offrait aux anciens combattants.

Un type arrive avec son chien. Anna déteste les chiens, ils puent, et elle n'a pas envie de l'entendre aboyer toute la journée. Elle finit donc par se lever.

Le Mémorial soviétique est un endroit particulier pour Jonas. Il est la raison de son voyage en Ukraine – et non en Inde ou au Ghana – après le bac. Jonas se rappelle encore la première fois qu'il est allé à Treptower Park, il avait seize ans. À l'époque, lui et Micha, son meilleur ami d'alors, rendent visite à Joseph, un copain de Francfort dont le père a été muté à Berlin. Jonas se souvient surtout d'être resté sur la canapé à rouler des joints et commander des pizzas en jouant à *Need for Speed*. Le père de Joseph est en voyage d'affaires, l'appartement est à eux. Joseph leur conseille d'aller faire un tour au Mémorial : ils n'ont jamais vu un truc pareil. Jonas ne sait pas à quoi s'attendre ; il s'imagine un parc comme il y en a tant à Berlin et se demande ce qu'il peut y avoir de si excitant. Pour un Allemand de l'Ouest comme lui, le Mémorial paraît tout droit sorti d'un autre monde. Le temps ne semble pas avoir de prise sur lui. Jonas a l'impression d'être revenu à l'époque de la guerre froide. Ou d'avoir plongé en plein livre de science-fiction : comme si ce mémorial avait été construit à destination des extra-terrestres pour témoigner de la présence humaine avant qu'une apocalypse ne la décime.

Jonas n'a jamais vu un mémorial de cette taille. Il doit faire deux, voire trois terrains de foot. Avant d'arriver sur la place, il faut traverser une allée – de bouleaux, bien sûr –, qui fait déjà partie de l'ensemble. Jonas a gardé une photo de ce jour-là. L'image est toute en symétrie : lui entre les arbres, les yeux fixés sur quelque chose hors champ, comme s'il ne pouvait en détacher le regard.

Après les bouleaux, vous arrivez au Mémorial lui-même. Vous passez entre deux immenses pierres de granit rouge – oui, qu'est-ce que c'est supposé représenter ? – qui ressemblent à des drapeaux et sur lesquelles sont gravés le marteau et la faucille. Une pelouse s'étend au milieu. Joseph lui a expliqué que plus de sept mille soldats de l'Armée rouge ont été enterrés là, des plaques de marbre blanc font office de pierres tombales. Au bout de la pelouse, en face des drapeaux de granit, se trouve une petite colline. Des escaliers conduisent à un pavillon blanc sur lequel, à plusieurs mètres de haut, un soldat en bronze tient une épée. Une croix gammée brisée gît à ses pieds.

La première fois qu'il se rend au Mémorial, Jonas y passe des heures. Il va et vient, longeant les blocs de pierre qui délimitent le lieu. Y sont gravés des scènes de guerre ainsi que des mots en cyrillique. À l'époque, Jonas ne sait pas le lire, c'est ce qui lui donne envie d'apprendre le russe. Il se souvient du jour où il est revenu, capable cette fois de lire ce qui était écrit – des citations de Staline.

Ses voyages en Ukraine et en Russie lui ont permis de découvrir l'existence, dans chaque ville et village, de mémoriaux semblables en l'honneur de la Grande Guerre patriotique – souvent bien plus petits. Celui de Berlin est exceptionnel.

En ce mois de mai 2015, Jonas est content de sortir de Leipzig, de se changer les idées, de faire la fête. Marcher dans la rue sans croiser de visages connus. Qu'il soit là le 9 mai est un hasard. Il pensait venir le week-end précédent mais ça s'est fait comme ça finalement. Et puisqu'il est là le jour de la Victoire, pas question de rater les célébrations, c'est la première fois qu'il y assiste.

La fête elle-même n'a pas lieu au Mémorial mais un peu plus loin dans le parc, où il y a plus de place. C'est une petite fête populaire avec des stands de nourriture, des bancs où s'assoir, une scène où l'on chante des airs traditionnels russes, et une quantité de stands tenus par différentes organisations. Il est en train de feuilleter des brochures du MLPD, le Parti marxiste-léniniste d'Allemagne, lorsque quelqu'un lui tape sur l'épaule.

Ça ne lui a pas demandé un gros effort. Elle a agi par automatisme.

Anna est assise dans l'herbe, près des stands, avec sa sœur et quelques autres lorsqu'elle repère Jonas. Elle se lève immédiatement et, sans prévenir Daria, se dirige vers lui. Non, elle n'essaie pas volontairement de l'énerver. Elle se tient sur sa gauche, lui tape sur l'épaule droite, logiquement il se tourne vers la droite. Comme il ne voit personne il tourne rapidement la tête de l'autre côté. Son regard tombe sur elle, il sursaute. Oh, salut, dit Jonas. Tu es là toi aussi, répond-elle.

Il lui explique que c'est un hasard qu'il soit en ville pile à cette date. Les prospectus qu'il a en main lui échappent. Il est nerveux, ça se voit. Anna se sent presque euphorique, elle est en position de force : c'est elle qui a démarré la conversation, il est pris de court. Si ça avait été dans l'autre sens elle ne l'aurait sans doute pas supporté et se serait enfuie.

Elle ramasse les brochures : tu comptes prendre ta carte ? Il la regarde sans comprendre, elle montre les brochures.

C'est un miracle que le MLPD existe encore. Un groupe de communistes qui glorifie Staline et prend Lénine trop au sérieux.

Jonas dit qu'il s'informe juste, il n'apprécie pas particulièrement ce genre de marxistes orthodoxes. Sa réponse paraît la rassurer, elle dit qu'elle aurait été surprise autrement. Qu'est-ce qu'il fait à Berlin ? Il visite un ami, et elle ? Aussi. Sa sœur.

Au moment où il lui demande ce qu'elle fait à Berlin, Anna ressent pour la première fois le besoin de se protéger, en tout cas elle ressent pour la première fois quelque chose. Avant cela elle était encore dans le rush de l'action, elle avait agi, pas réfléchi, mais là il est en train de lui poser une question et elle se rend compte qu'elle n'a pas envie d'y répondre, elle n'a pas envie qu'il sache quoi que ce soit d'elle. Sa vie ne le regarde pas ! Heureusement, il ne creuse pas davantage.

Quand elle est stressée, elle parle beaucoup. Et vite. La voilà lancée dans un monologue sur le jour de la Victoire. Elle dit qu'elle ne trouve pas ça cool que Die Linke célèbre aussi cette date, souvent derrière le slogan : si vous n'êtes pas en train de faire la fête, c'est que vous faites partie des vaincu*es*. Ça sous-entend que l'Allemagne aurait été *vaincue* par les Alliés, pas *libérée*. Or ce sont les nazis qui ont perdu, pas la population. Reste qu'une grande partie l'a ressenti comme ça... Mais c'est un autre problème.

Dans tous les cas c'est un jour à fêter, répond Jonas. La gauche a peu de choses à célébrer en Allemagne, et quoi de mieux que la fin du national-socialisme ?

Pour Jonas, la conversation a tout d'un moment normal. Ils sont à nouveau dans leur élément : le débat. Ils parlent sans faire de pause, terminent les phrases de l'autre quand ils ne sont pas en train de se couper la parole.

C'est quelque chose qu'elle a toujours apprécié avec Jonas, discuter, se renvoyer la balle, entendre, comprendre les arguments de l'autre, même quand leurs avis divergent.

Il faut quand même regarder qui fête cette journée dit-elle, des stalinistes chelous, des gens issus du mouvement pacifiste et des soutiens de la Russie qui défendent l'annexion de la Crimée et détestent les États-Unis, juste comme ça, par principe, à cause de la guerre en Irak ou du coca-cola. Elle n'aime pas ce genre de personnes pour qui tout est tout noir ou tout blanc.

Ce n'est pas non plus comme ça qu'il voit les choses. On peut critiquer la Russie sans la diaboliser et il ne comprend pas qu'on puisse avoir une vision si étroite et structurellement antisémite des États-Unis. Mais, Jonas reprend sa respiration, il ne faut pas laisser le champ libre à ces gens, il indique de la tête le stand du MLPD, puis la scène où des babouchkas exécutent une danse traditionnelle. C'est important d'apporter du contenu à ces commémorations et ne pas les laisser entre les mains de ces tarés ! Il faut qu'on puisse entendre des idées progressistes aussi à gauche !

Anna est sur le point d'acquiescer lorsque ça se produit. Il dit : regarde, en appuyant légèrement sur son épaule.

Elle ne saura jamais ce qu'il voulait lui montrer. Elle ne supporte pas ce geste. Dans les recherches qu'elle fera plus tard sur les conséquences traumatiques d'un viol, Anna tombera sur le concept de *mémoire corporelle*. Même lorsque le cerveau ne parvient pas à se rappeler certaines choses – les ayant repoussées loin, très loin dans l'inconscient – le corps, lui, se souvient. Anna ne sait pas exactement comment ça fonctionne mais elle imagine que c'est ce qui a dû se passer à ce moment-là.

Le fait qu'il lui touche l'épaule a déclenché un truc. Elle l'a dit, jusque-là son cerveau – et même son intuition – étaient en veille. Elle avait juste agi, parlé, blablabla. Mais la main de Jonas sur son corps, ça lui est insupportable. Anna se met à trembler des pieds à la tête, jusque dans le ventre, elle se sent mal, comme si elle allait vomir.

Elle part.

C'était bizarre, raconte Jonas. Son regard s'est figé, elle avait les yeux écarquillés, la bouche entrouverte en forme de O, elle a trébuché en essayant de reculer, raide comme un robot, elle le regardait mais comme si elle voyait à travers lui. Anna, ça va ? Elle a fait encore quelques pas à reculons puis s'est retournée pour s'enfuir en direction du Mémorial.

Il n'a rien fait de mal. Anna est juste bonne comédienne. Quelques minutes après il a remarqué Daria et compris qu'elle avait agi pour son public, pour donner du crédit à son histoire, la pauvre victime traumatisée.

Ça lui a coupé l'envie de rester.

Anna marche tout droit sans s'arrêter. Oui, c'est possible que Daria ait crié après elle, elle croit entendre son nom mais ne se retourne pas, slalome entre les gens et leurs drapeaux à la faucille et au marteau. Le parc est grand, elle ne sait pas dire combien de mètres elle parcourt sur le moment. La fête est rapidement derrière elle et Anna se retrouve dans la partie déserte du parc, celle qui ressemble à une forêt. Elle sort de sa transe en arrivant sur une avenue aussi large que bruyante. Il y a beaucoup de trafic. C'est trop. Elle fait demi-tour et regarde son portable. Pas de réseau. Elle met un peu de temps avant de retrouver la fête, puis sa sœur.

— N

Elle est soulagée, oui, aussi. Même si elle a du mal à l'admettre. Ne souhaitait-elle pas autre chose ? Ne voulait-elle pas que Jonas ait à témoigner ? De façon officielle, devant un juge, aux yeux de toutes et tous ?

Anna reçoit l'appel d'un numéro masqué. Elle ne décroche pas. C'est peut-être un mec du Lindental qui a trouvé son numéro quelque part ou pire, c'est peut-être Jonas qui veut lui parler. Le lendemain elle reçoit un e-mail de son avocate : elle a essayé de la joindre. La plainte contre Jonas Schimmel a été classée. Le mieux serait de se voir pour en parler.

Au moment où elle lit ces lignes, Anna ne ressent rien. La colère ne refera surface que plus tard, après s'être tapie pendant des mois.

Il ne lui reste que des bribes de sa conversation avec maître Leonard. Elle est abasourdie, un brouillard l'enveloppe. L'avocate lui lit chaque phrase l'une après l'autre. Comme on pouvait s'y attendre, la décision a été rédigée dans une langue juridique dénuée de toute émotion :

> Selon les déclarations de la victime, le prévenu aurait pénétré son vagin contre sa volonté après qu'ils ont conjointement participé à une fête. La victime aurait tenté de se défendre en repoussant le prévenu, exprimant à plusieurs reprises qu'elle refusait le rapport sexuel et lui demandant d'arrêter. Pour que les faits soient qualifiés de viol, l'auteur doit user de violence afin de vaincre la résistance opposée ou attendue.
>
> Le fait d'avoir des relations sexuelles contre la volonté d'autrui est foncièrement indécent et de mauvais goût mais n'est pas, sans l'utilisation d'un moyen de contrainte qualifié, punissable par la loi.

« De mauvais goût », « indécent ». Ces mots pourraient qualifier un film porno : un homme urine dans la bouche d'une femme, c'est indécent et de mauvais goût, oui. Peut-être qu'il n'y a juste pas de mots pour décrire ce qui lui est arrivé, du moins dans le vocabulaire juridique.

Son avocate lui explique que le viol n'est punissable par la loi que si de la violence a été exercée ; que la résistance opposée doit être vaincue par la force. S'il n'y a que peu ou pas de résistance, il n'y a pas de poursuites pénales, comme c'est le cas ici. D'un point de vue purement juridique, le Parquet a agi correctement.

Le fait qu'elle ait dit non n'a manifestement aucune valeur. « Quand c'est non c'est non ! » résonne dans sa tête. On a appris aux hommes que lorsqu'une femme dit non, en vérité elle veut dire oui, alors forcément ça se retrouve jusque dans la loi.

Elle a dit non, sûrement plusieurs fois. Ça remonte à longtemps maintenant. Mais même si elle ne l'avait dit qu'une fois, Jonas aurait dû voir qu'elle ne prenait aucun plaisir, que ça se passait contre sa volonté. Mais sa volonté à elle ne suffit pas. Elle n'a pas de valeur devant la loi.

L'ordonnance avance une deuxième raison conduisant au classement de l'affaire : il n'a pas été fait état d'une situation de vulnérabilité :

> Les déclarations de votre cliente indiquent que celle-ci ne se trouvait pas dans une situation de vulnérabilité au moment des faits, au sens du Code pénal. Pour qu'une telle situation soit établie, il est nécessaire que les possibilités de protection et de défense offertes à la victime soient réduites au point que celle-ci se retrouve livrée à l'influence la plus totale de l'agresseur. En outre, celui-ci doit avoir profité sciemment de la situation de vulnérabilité de la victime – qui rendait possible ou facilitait son projet – afin de vaincre la volonté qui lui était opposée. La situation de vulnérabilité repose en règle générale sur des circonstances extérieures, comme l'aspect reculé du lieu des faits ou l'impossibilité de fuir. Une situation de vulnérabilité ne peut toutefois résulter du seul fait que le prévenu se trouvait seul avec la victime dans sa chambre. D'autres circonstances doivent s'ajouter comme le fait que le prévenu ait fermé la porte à clé, ce qui aurait privé la victime de la possibilité de fuir.

Jonas n'a pas fermé la porte à clé. Peut-être que quelqu'un l'aurait entendue si elle avait crié, Momo depuis la chambre d'à côté ou Hannes depuis la cour. Mais elle n'arrivait pas à penser clairement, elle voulait juste que ça s'arrête le plus vite possible. Elle n'était pas en état de crier. À l'aide. Et même si elle avait crié, la décision qui a été rendue donne l'impression que ça n'aurait quand même pas suffi. Elle n'aurait pas été suffisamment vulnérable aux yeux du procureur.

Anna demeure dans le brouillard quelques jours encore. Puis la colère refait surface. Elle veut revoir Jonas. Mais ne garantit rien, dit-t-elle lors de notre dernier entretien. Elle n'a encore jamais frappé quelqu'un, mais elle aimerait beaucoup lui donner des coups de poing répétés au visage.

Elle se sent tellement conne. Ça ne lui a rien apporté de porter plainte à part du stress et le fait que maintenant tout le monde sait qui elle est. Cette nuit du 4 juillet la poursuit comme un fantôme. Sans parler des gens. Personne ne l'aurait su, elle aurait gardé ça pour elle. La nuit, parfois, elle rêve de visages sans yeux, seulement des bouches qui chuchotent lorsqu'elle passe à côté. Ce n'est peut-être pas seulement un fantôme qui la poursuit mais *des* fantômes.

Dans quelle mesure se sent-elle soulagée ? Elle est contente de ne pas devoir témoigner devant un tribunal, de ne pas devoir recroiser Jonas. Elle ne refera pas deux fois l'erreur que ça a été de lui parler à Berlin.

Jonas devine tout de suite d'où vient la lettre. L'enveloppe est grise avec le nom du procureur en expéditeur.

La lettre est très courte :

> Objet : Rendu de la décision concernant les faits de viol qui vous sont reprochés

Monsieur Schimmel,

Dans le cadre de la procédure susmentionnée j'ai pris, par ordonnance du 3/07/2015, la décision suivante :

La procédure est classée sans suite conformément à l'article 177 du Code pénal.

Cordialement

R. Frommelt

Procureur

Cette lettre a été délivrée par voie électronique et ne comporte pas de signature, nous vous remercions de votre compréhension.

Note de la traductrice

En 2016, la loi allemande a changé. Peut désormais être condamnée pour viol toute personne « commettant un acte d'ordre sexuel contre la volonté identifiable d'une autre personne ». En d'autres termes : « non veut dire non ».

Moins d'un tiers des pays européens définissent le viol sur la base de l'absence de consentement[1]. En France, il est nécessaire que l'acte d'ordre sexuel soit commis « par violence, contrainte, menace ou surprise » (article 222-23 du Code pénal) pour être qualifié de viol. Avoir dit non ne suffit pas.

Quel que soit le contenu de la loi en vigueur dans chacun de ces pays, le pourcentage de viols faisant l'objet d'une plainte et de plaintes conduisant à une condamnation demeure très faible.

En 2017, en France, on estime que 9 % des victimes de viol seulement ont porté plainte. Sur ces 9 %, 1 plainte sur 10 a abouti à une condamnation[2].

1. *« Right to be free from rape / Overview of Legislation and State of Play in Europe and International Human Rights Standards », rapport d'Amnesty International, 24 novembre 2018.*
2. *« Rapport d'information fait au nom de la délégation aux droits des femmes et à l'égalité des chances entre les hommes et les femmes sur le viol », par Sophie Auconie et Marie-Pierre Rixain, Assemblée nationale, 22 février 2018.*

Remerciements de l'autrice

Je suis très heureuse que ce livre soit paru aux éditions Verbrecher et remercie particulièrement Kristine Listau et Jörg Sundermeier pour cette belle collaboration.

Merci également aux expertes qui ont répondu à mes questions : Sandra Bannert-Nagel, éducatrice diplômée d'État de l'association d'aide aux victimes de la Saxe, Eve Leupold, avocate, Manuela Palitzsch, commissaire générale de la police criminelle de Leipzig et Dr Ariane Brenssell, psychologue.

Je remercie également Lisa Füchte pour ses remarques et commentaires critiques, ainsi que Frauke Meyer-Gosau et Philipp Enders pour leur aide au moment de rédiger la lettre qui présentait le manuscrit.

Je tiens également à remercier les participantes et participants de l'atelier de création littéraire du LCB : Annina Haab, Kristin Höller, Sophia Klink, Simone Schröder, Sonja M. Schultz, Leszek Stalewski, Robert Stripling et Olivia Wenzel, et je remercie tout particulièrement Pasquale Virginie Rotter. Merci également à Thorsten Dönges et Antje Rávic Strubel qui ont animé cet atelier. J'ai beaucoup appris auprès d'Antje, qui m'a entre autres permis d'affiner davantage mon regard.

Je remercie ma famille pour leur soutien, leur accompagnement et leurs conseils de lecture : Bella, Chris et Nele, et surtout Wolfi pour nos conversations, le temps qu'il m'a accordé, ses critiques, remarques et corrections.

Enfin, je remercie mes ami*e*s pour tout le reste : Franziska, Jana, Annika, Dani, Lukas ainsi que mon amoureux : Martin.

Remerciements de la traductrice

Merci à Benoît Virot, du Nouvel Attila, de m'avoir fait confiance et d'avoir cru en ce projet. Merci à Ina, Clara, Marie, Ela et Stéphanie pour leur aide précieuse. Merci, enfin, à Bettina pour le temps qu'elle m'a accordé et la richesse de nos échanges.

La littérature de langue allemande au Nouvel Attila

Peter Bichsel, *Histoires enfantines*, trad. Claude Maillard et Marc Schweyer

Ludwig Hohl, *Ascension*, trad. Luc de Goustine ; *Paris 1926*, trad. Yann Bernal ; *L'Étrange Tournant* et *Séjour intérieur (Rapport)*, trad. Antonin Moeri

Thomas Rosenlöcher, *L'Homme qui croyait encore aux cigognes*, trad. Marie Hermann et Aurélie Maurin

Paul Scheerbart, *La Grande Révolution*, trad. Chloé Thomas (à paraître)

Arthur Schnitzler/Jakob Hinrichs, *Nouvelle de rêve*, trad. Pierre Deshusses et Jörg Stickan

Uwe Timm, *L'Homme au grand-bi*, trad. Bernard Kreiss

Henning Wagenbreth, *Honky Zombie Tonk* et *Le Secret de Sainte-Hélène*, trad. Jörg Stickan

Avertissement

La couverture du livre que vous tenez entre les mains a été imprimée aléatoirement en deux couleurs : l'une noire, l'autre jaune, en écho aux deux paroles et aux deux visions qui s'expriment dans le texte.

Notre parti pris graphique, ultra-stylisé, a été choisi en hommage au style direct de Bettina Wilpert, digne d'un*e* enquêteur*rice* ou d'un*e* journaliste invisible rapportant les paroles des personnages.

La typographie est inspirée de celle de l'éditeur originel allemand.

Mille questions nous ont agité*e*s concernant le choix des motifs.

Les yeux soulignent le thème du regard : caché, coupable, omniscient, privé, public.

Les lèvres reflètent un livre axé sur la parole, exclusivement constitué de témoignages rapportés. Elles disent la parole empêchée, le cri et la morsure, face au silence.

Chacun de ces sentiments est ambivalent et peut correspondre à chacun des deux personnages d'Anna et Jonas.

Ce texte a été achevé d'imprimer à l'aube de l'été 2022.

L'intérieur et l'extérieur ont été dessinés
par François-Xavier Delarue.

ISBN : 978-2-493213-14-3

Imprimerie NORMANDIE ROTO IMPRESSION S.A.S.
Dépôt légal : août 2022. n° 151523-2 (2203863)